A FILHA
DO PAPA

DARIO FO

PRÊMIO NOBEL
de Literatura

Lucrécia Bórgia

A FILHA DO PAPA

Ilustrações por Dario Fo
com a colaboração de
Jessica Borroni e Michela Casiere

TRADUÇÃO: Anna Palma

autêntica

Copyright © 2014 Chiarelettere editore s.r.l.
Gruppo editoriale Mauri Spagnol
Copyright desta edição © 2014 Autêntica Editora

Título original: *La figlia del papa*

Esta edição é publicada mediante acordo com a Chiarelettere em conjunto com sua agência Villas-Boas & Moss Agência Literária. Todos os direitos reservados.

Todos os direitos reservados pela Autêntica Editora Ltda. Nenhuma parte desta publicação poderá ser reproduzida, seja por meios mecânicos, eletrônicos, seja via cópia xerográfica, sem a autorização prévia da Editora.

EDITORAS RESPONSÁVEIS
Rejane Dias
Cecília Martins

PREPARAÇÃO DE TEXTO
Sonia Junqueira

REVISÃO
Mariana Faria

CAPA
Diogo Droschi
(sobre pintura de Lucrécia Bórgia,
Duquesa de Ferrara (1519-1530),
por Dosso Dossi. Galeria Nacional
de Victoria, Melbourne.

DIAGRAMAÇÃO
Guilherme Fagundes

Dados Internacionais de Catalogação na Publicação (CIP)
Câmara Brasileira do Livro, SP, Brasil

Fo, Dario, 1926-2016
    A filha do papa / Dario Fo ; ilustração Dario Fo, Jessica Borroni, Michela Casiere ; tradução Anna Palma. -- 1. ed. -- Belo Horizonte : Autêntica Editora, 2024.

    Título original: *La figlia del papa*
    ISBN 978-65-5928-336-1

    1. Romance italiano I. Título.

23-172267   CDD-853

Índice para catálogo sistemático:
1. Romances : Literatura italiana 853

Eliane de Freitas Leite - Bibliotecária - CRB 8/8415

Ⓒ GRUPO **AUTÊNTICA**

Belo Horizonte
Rua Carlos Turner, 420
Silveira . 31140-520
Belo Horizonte . MG
Tel.: (55 31) 3465 4500

São Paulo
Av. Paulista, 2.073 . Conjunto Nacional
Horsa I . Sala 309 . Bela Vista
01311-940 . São Paulo . SP
Tel.: (55 11) 3034 4468

www.grupoautentica.com.br
SAC: atendimentoleitor@grupoautentica.com.br

"Os homens são tão simples, e tão bem obedecem às necessidades presentes, que quem engana sempre vai encontrar alguém que se deixará enganar."

Nicolau Maquiavel

11 NOTA DA TRADUTORA

13 PREFÁCIO

13 No meio da lama

15 Festas elegantes com mulheres gentis

16 A clemência e o indulto são garantias de poder

19 PRIMEIRA PARTE

21 A tômbola abençoada

26 Uma família ideal

31 História de amor impossível. Mas sem rede

33 O casamento é a pedra angular que sustenta o arco sob o qual prosperam as traições mais espantosas

35 O rei fantoche que anda como uma marionete

38 Um rei deve saber, às vezes, baixar a cabeça, especialmente diante de vigas muito baixas

41 Lucrécia desapareceu. Será que fugiu? Ou foi raptada?

44 Chegou a hora de preparar outro enredo da peça. Cuidado! Que não seja para os *clowns*!

46 O grotesco é o meio mais eficaz para alcançar a sabedoria

48 Em Roma, tudo que se joga fora depois de um tempo aparece boiando no rio

49 Que os medrosos não busquem a liberdade pedindo-a a quem detém o poder!

54 A santa reviravolta

57 Quem se decidiu pela redenção do pecado se prepare para subir no púlpito do suplício

59 Um evento de amor realmente imprevisível

63 Para seguir as vias do céu, basta saber ler o movimento dos astros

69 Nápoles é bela de dia com o sol mais quente, à noite com e sem lua, mas a melhor de todas as coisas é que Nápoles é esplêndida se se está apaixonado

71 Brigas entre namorados

74 O jogo das trocas

78 Sinais do estrago

83 O retrato sincero de um povo

84 O acerto de contas... Sem falar dos privilégios

85 As estradas, mesmo as mais intransitáveis, conduzem sempre a Roma

92 O teste para papisa

95 A casamenteira de si mesma

100 *La leçon des italiens*

101 É por fora que se pode adivinhar o interior, tanto dos homens quanto dos palácios

104 As tempestades do fantástico

105 Nunca emprestar os canhões a quem pode usá-los para atirar em você

110 Escrever palavras para o encantamento

113 Convite a um banquete para servir féretros

115 Batendo um papo sobre cadáveres

117 Fala de amor e passeia com o claudicante

118 Deixar de sentir desejo seria o pior dos castigos

120 Bater-se como guerreiros camuflados de fantoches

124 A mulher esbranquiçada vestida de preto sempre chega à porta sem bater

125 Os filhos não aprendem com ninguém a reconhecer o cheiro de mãe

161 **SEGUNDA PARTE**

163 Chegar ao fim da vida não é suficiente para uma pessoa se tornar mais esperta

166 *À la guerre comme à la guerre*

168 A cortina, ao fechar, não consegue secar as lágrimas

170 De uma inimizade entre mulheres pode também nascer um
grande afeto

172 Libertar os detentos

178 Importante é como se abre uma vida, mas mais importante ainda é
como se consegue fechar

182 O adeus mais dolorido é o do sábio que te deixa para sempre

185 Escrever o que te acontece serve muitas vezes para manter na memória
só os melhores momentos

186 Uma mulher que não concede atenuantes e descontos

188 As notícias ruins muitas vezes chegam em massa. Algumas amargas;
a maioria, péssimas

189 As pessoas espirituosas nascem em número sempre mais limitado

190 Peguem o moedor de carne, e vamos distribuir os pedaços: quem for
mais rápido e impiedoso fica com os melhores bocados

191 Como conseguir sobreviver em uma comédia grotesca,
sem máscara

198 No começo o chamavam "mal francês", depois "mal espanhol"; no
século XVI o chamaram "a medalha do general"

200 Onde está a diversão em ser rico se não tiver ao seu redor pobres
dignos de compaixão

205 **BIBLIOGRAFIA**

Nota da tradutora

Lucrécia Bórgia não é "apenas" a filha do papa neste romance que Dario Fo [1926-2016] publicou em 2014. O autor-ator, como se definia profissionalmente, Prêmio Nobel de Literatura em 1997, se encontra em uma fase artística particular quando escreve este e outros livros. É uma fase em que o teatro está presente, pois suas obras literárias são elaboradas a partir do teatro, e as movimentações na cena são, sobretudo, as sequências de projeções de ilustrações que o próprio Fo desenha e pinta. Essas obras pictóricas, que, em muitos casos, são verdadeiras obras de arte, são o primeiro passo no processo criativo de Dario, especialmente a partir do seu livro *Johan Padan a la Descoverta de le Americhe* (*Johan Padan na descoberta das Américas*), de 1992.

É dessas originais "afabulações" que ele começa a escrever os monólogos, ou seja, a oralização das histórias desenhadas, sua "tradução" para a linguagem verbal e, mais especificamente, para a "linguagem-corpo". Algo que ele e Franca Rame [1929-2013], sua companheira de vida e profissão, aprenderam a aperfeiçoar durante as várias encenações da mesma peça, onde será o público – que também participa da realização do espetáculo – a "sugerir" as mudanças necessárias. Uma linguagem que tem como objetivo a demolição da quarta parede, que, de acordo com Fo, foi criada pelo teatro burguês, mas o teatro popular sempre soube, com técnicas de narração muito antigas, manter afastada da relação entre o ator e o público. É uma técnica narrativa que tem como objetivo divulgar o conhecimento sob novas perspectivas e que usa escolhas linguísticas que podem causar estranhamento ao leitor ou público, até este não perceber que é tudo um jogo expressivo voltado ao riso, através do ridículo, do grotesco e de expressões populares. Enfim, a arte de um jogral do seu tempo.

A filha do papa faz parte das publicações de Fo que contam a biografia de pessoas reais de relevância política ou artística, não só da Itália. Nesses casos, ele sempre parte de uma pesquisa bibliográfica aprofundada, e é o que faz para realizar sua reescrita da vida de Lucrécia Bórgia, utilizando fontes atualizadas sobre uma das mulheres que mais inspirou artistas, biógrafos, diretores de cinema e autores de séries televisivas, principalmente por estar presente no imaginário coletivo da cultura ocidental como a mulher incestuosa e assassina de homens e, sobretudo, de maridos.

Dario Fo escreveu o romance-biografia de Lucrécia Bórgia com o objetivo – como explica no preâmbulo da edição italiana – de enfatizar diversos aspectos do caráter, da inteligência, da cultura e da generosidade de Lucrécia, que, apesar de terem sido considerados e documentados pelas pesquisas históricas, sempre foram deixados de lado, para abrir um espaço privilegiado aos relatos sobre os comportamentos "diabólicos" e imorais de toda a família Bórgia. E são exatamente esses (pre)juízos que Dario Fo quer ajudar a derrubar, ou, pelo menos, redimensionar, praticando mais uma vez a arte como escolha ética que visa a resgatar a memória daqueles que foram caluniados ou excluídos pela História.

Anna Palma

Prefácio

No meio da lama

Sobre a vida, os triunfos e os atos nefandos dos Bórgia, foram escritas e encenadas óperas e peças teatrais, além de filmes com atores renomados e duas séries televisivas de sucesso extraordinário. Todos estes, trabalhos mais ou menos documentais. Por que tanto interesse pelo comportamento dessa família? Com certeza, pela despudorada ausência de moralidade que foi atribuída a esses personagens em todos os acontecimentos relatados: uma trajetória desenfreada tanto na sexualidade quanto no comportamento social e político.

Entre os grandes escritores que nos contaram dramas, cinismos e amores dessa poderosa família, temos Alexandre Dumas, Victor Hugo e Maria Bellonci. Um dos mais conhecidos foi John Ford, elisabetano do início do século XVII, que escreveu *Pena que ela seja uma puta*, peça inspirada, quase certamente, nas supostas aventuras de Lucrécia Bórgia e seu irmão César, que, como as lendas garantem, foram amantes. Nossa amiga Margherita Rubino conduziu uma pesquisa sobre dramaturgias escritas durante a época da família Bórgia e encontrou dois autores, Giovanni Falugi e Sperone Speroni, que narraram a história mascarando a realidade, ou seja, atribuindo aos Bórgia ascendência romana de ninguém menos que o próprio Ovídio.

Certamente, ao retirar o Renascimento italiano da história do papa Alexandre VI e de seus familiares, o que resta é uma saga devastadora, na qual os personagens agem sem nenhum respeito pelos adversários e, muitas vezes, nem por si mesmos.

Sem dúvida, é sempre Lucrécia a vítima a ser imolada, desde sua infância. É ela a ser jogada no redemoinho dos interesses financeiros e políticos em qualquer ocasião e sem nenhuma piedade, tanto pelo pai quanto pelo irmão. Ninguém se preocupa minimamente com o que pensa a doce jovem. De resto, é uma fêmea, o que é um julgamento válido até para um pai futuro papa e um irmão, que será cardeal. Aliás, em determinados momentos, Lucrécia se transforma em um pacote de seios redondos e glúteos estupendos. E não podemos esquecer seus olhos, estes repletos de magia.

Mas os horrores na Itália não aconteciam com tanto alarde apenas no ambiente romano. Como exemplo, podemos mencionar a cidade de Milão, apresentando os Visconti e os Sforza, duas famílias que, nessa história, encontramos várias vezes no papel de protagonistas.

Em 1447, Filippo Maria Visconti morre sem deixar herdeiros homens, só uma filha ilegítima, Bianca Maria, reconhecida somente após a morte de Filippo para que pudesse se casar com Francisco Sforza, cujo pai, comandante de milícias mercenárias, tinha origens plebeias, era filho de um moleiro. Nasceu, assim, uma nova dinastia. A jovem esposa deu à luz oito filhos, entre eles Galeácio Maria e Ludovico, apelidado, mais tarde, o Mouro.

Galeácio Maria era, na linguagem de Nápoles, um *sciupafemmine*, um mulherengo, dedicado a aventuras amorosas com mulheres nobres e prostitutas. Um comportamento que lhe causou boa quantidade de inimigos: o elevado número de participantes em seu assassinato é prova disso. Foi esfaqueado na frente da igreja de Santo Estêvão exatamente no dia em que se festejava o santo, 26 de dezembro de 1476, por Giovanni Andrea Lampugnani, Gerolamo Olgiati e Carlo Visconti, o Bastardo. Eram muitos conjurados, como se a vítima fosse Júlio César. Depois da morte de Galeácio Maria, seu filho Gian Galeácio, de apenas 7 anos, seria seu sucessor. Entretanto o Mouro, com o apoio dos franceses, assume a regência e se aproveita da pouca idade do sobrinho para expandir o próprio poder.

Mas seus crimes não acabam aí. Querendo livrar-se definitivamente do rival, que é seu sobrinho, decide envená-lo aos poucos, para não ser culpado de assassinato. O rapaz, conforme programado, morre após uma longa agonia, e seu tio Ludovico, o Mouro, chorando lágrimas desesperadas sobre o féretro do sobrinho, herda o ducado de Milão.

Por que falamos dessa estirpe? Primeiramente, porque o Mouro se casa, depois de alguns anos, com Beatriz d'Este, cujo irmão Afonso, sempre d'Este, será marido de Lucrécia Bórgia. Mas o parentesco não termina aqui, já que Isabella d'Este, irmã de Afonso e Beatriz, se casa com Francisco Gonzaga, marquês de Mântua, que, como veremos, terá um papel importante na circulação de certos boatos sobre nossa Lucrécia. E, para ser sincero, o círculo dos envolvidos continua incompleto.

Para que todos possam compreender o clima vivido no final do século XV em Roma e em toda a Itália, é importante mencionar outros acontecimentos. A esse propósito, pode ser útil a carta que um jovem bispo, recém-ordenado, escreveu a um colega de seminário.

Festas elegantes com mulheres gentis

O prelado narra um festim papal durante o qual as *bonae femmene*, ou seja, as cortesãs de alto nível, convidadas para a cerimônia, exibiam-se em uma competição na qual dobravam as pernas descendo com os glúteos até o chão, onde foram colocadas velas perfumadas acesas. Cada dançarina, levantando a saia, apagava sua vela, depois se erguia segurando-a com seu sexo, cuidando para não a deixar cair. Nunca faltavam aplausos.

Finalmente, um último episódio digno de nota nos leva diretamente ao limiar de nossa história: em 23 de julho de 1492, o papa Inocêncio VIII entra em coma, e seu fim é esperado dentro de poucos dias.

Dele, Savonarola, fustigador de bispos e papas, dizia: "[O pretexto da] arte é a própria danação que está profanando o trono de São Pedro em Roma [...]. Estamos falando de Inocêncio VIII, em cuja existência a única coisa inocente foi seu nome".

Mesmo assim Dumas,[1] que escreveu uma estupenda história dos Bórgia e dos papas que os antecederam, diz que ele era chamado de "pai do povo", já que, graças às suas atividades amatórias, aumentou com oito filhos e oito filhas[2] o número de seus súditos – em uma vida transcorrida com grande volúpia –, naturalmente com amantes diferentes. Não se sabe como escolhia as mulheres, já que, é sabido, sofria de uma miopia desastrosa. Tanto que chegou a contratar um bispo acompanhante, que, durante os encontros, lhe sussurrava nome, sexo, idade e feições de quem estava beijando seu anel.

Entretanto, é necessário admitir que esse papa pecador possuía um profundo senso de família. Suas atenções para com os filhos devem ser julgadas como atos de amor, e não de nepotismo indigno.

De fato, conseguiu escolher reprodutoras aptas – para que a estirpe se prolongasse da melhor maneira – entre as filhas de homens poderosos e ilustres, começando pela infanta predileta de Lourenço de Médici, que se tornou esposa de seu primogênito, Franceschetto Cybo. E outros jovens das linhagens mais ilustres da Itália para as suas numerosas filhas.

Jacob Burckhardt, no livro *A civilização da Renascença italiana*, descreve alguns lados interessantes do comportamento de Inocêncio VIII e de seu Franceschetto: os dois, conta, "ergueram até um banco de graças temporais, no qual, em troca do pagamento de taxas bastante elevadas, se poderia obter a impunidade por qualquer crime, inclusive o assassinato: de cada emenda absolutória, cento e cinquenta ducados seriam para a Câmara papal, o restante para Franceschetto. E, assim, Roma, especialmente nos últimos anos daquele pontificado, fervilhava em todos os cantos de assassinos e [delinquentes] protegidos [e com a impunidade garantida]".

A clemência e o indulto são garantias de poder

Entretanto, o que mais interessa é que, naquele julho de 1492, pelo menos mais duzentos facínoras se somam a esse grupo já numeroso.

---

[1] Alexandre Dumas, *I Borgia* (Palermo: Sellerio, 2004).

[2] Dumas, *I Borgia*, p. 19.

Pode parecer paradoxal, mas é assim mesmo: mais de duzentos mortos e, portanto, o mesmo número de assassinos em poucas semanas, um após outro.

E o que levou a um massacre dessas dimensões?

É fácil explicar: quando um papa morre, acontece um grande número de homicídios em Roma devido a uma tradição secular que, após o término do conclave que elege o novo pontífice, concedia o perdão a qualquer crime nos dias de interregno.

Então, todos aqueles que planejavam um ato de vingança, aproveitavam o trono vago para satisfazer seu desejo – matar hoje para voltar livre amanhã, e tudo graças a uma indulgência plenária garantida. Bons tempos, aqueles!

Após ter esclarecido o clima da época, é exatamente a partir da morte desse papa e do que aconteceu imediatamente em seguida que vamos começar.

Primeira parte

A tômbola abençoada

Em 11 de agosto de 1492, os canhões do Castelo Santo Ângelo dispararam, lembrando a Roma e ao mundo que o novo pontífice estava eleito, com o nome de Alexandre VI. Finalmente, a Espanha desfrutava de seu segundo papa, Rodrigo Bórgia.

Em Roma, um pasquim de autoria anônima exclamava: "O trono pontifício foi para quem deu mais dinheiro aos gerenciadores da urna da santa loteria".

Os romanos conheciam nome e linhagem de cada cardeal da tômbola: Ascânio Sforza, irmão de Ludovico Sforza, que recebeu uma cidade inteira, Nepi, como prêmio pelo seu apoio, além de quatro mulas carregadas de ouro; Giuliano della Rovere, que recebeu a garantia de subir ao topo da pirâmide na próxima rodada, e assim por diante, presentes e mamatas para todos os outros votantes.

Passamos agora a falar do novo papa, cuja família escolhemos como personagem principal desta nossa história.

Sabe-se muito pouco sobre os primeiros Bórgia, e aquelas raras notícias que chegaram até nós são insuficientes para determinar sua origem, que, segundo os aduladores da casa espanhola, remontam à família dos reis de Aragão, mas isso parece improvável.

De fato, o nascimento dessa linhagem ocorre apenas com o autêntico fundador dessa espécie – perdão!, dessa dinastia –, ou seja, Afonso

Bórgia. O pai desse garanhão é chamado às vezes de Domênico, em outras, de Juan, e não se conhece o sobrenome da mãe.

Afonso nasceu em 1378, perto de Valência. Foi contratado como escrivão secreto pela corte dos reis de Aragão, mas numa incrível reviravolta o reencontramos, logo depois, nos trajes de bispo de Valência. Com esse figurino desembarcou em Nápoles, na comitiva do rei Afonso de Aragão, que se tornou o monarca dos napolitanos. Em 1444, Afonso Bórgia foi nomeado cardeal.[3] Rápida e esplêndida carreira!

Sabe-se que o projeto da Espanha, já na metade dos anos 1400 e em concorrência com a França, era conseguir colocar as mãos no papado e no império da Europa. E foram os Bórgia que iniciaram a conquista do trono pontifício. O primeiro pontífice da Casa Bórgia foi exatamente Afonso, que usou a tiara em 1455 com o nome de Calisto III. Tendo o pontífice liderado a escalada, uma notável quantidade de parentes diretos ou adquiridos do santo padre de Valência assumiu uma função em Roma. Entre eles, o sobrinho mais querido: Rodrigo.

Todos os numerosos cronistas e pesquisadores da história dos Bórgia concordam que Rodrigo chegou a Roma aos 18 anos de idade, pronto para ficar sob a proteção do pontífice espanhol. É o primeiro sinal de nepotismo desse alto prelado, que assume todas as despesas do jovem. Rodrigo teve como mestre Gaspare da Verona, homem culto e com um dom extraordinário para ensinar.

Depois de algum tempo, o jovem vai para Bolonha estudar direito. O prazo estabelecido para obter esse diploma foi de sete anos. Não é lógico pensar que ele se dedicou totalmente aos códigos e a se enriquecer de retórica e teologia. O rapaz ganhou imediatamente grande simpatia e estima por parte de seus colegas de universidade. Rodrigo é um jovem cheio de energia, de belíssima aparência e uma fala aberta e espirituosa. É amado pelas jovens e generoso com os amigos. Rapidamente torna-se, então, o líder daquela manada de filhos da nobreza e dos mercadores.

---

[3] Ferdinand Gregorovius, *Lucrezia Borgia* (Roma: Salerno, 1983, p. 33).

Participa de todas as aulas e é pontual na realização dos exames, nos quais obtém ampla aprovação. Entretanto, nunca falta aos banquetes nas tabernas e nos prostíbulos.

"É muito difícil para uma mulher – dizia seu mestre de retórica – resistir à sua corte. Ele e as mulheres são como o ímã e o ferro. Ferro, naturalmente, é sinônimo de falo... Oh, o que me obrigam a dizer!"

Em 9 de agosto de 1456, mesmo sem ter completado todo o curso, por méritos especiais Rodrigo é admitido à prova final para bacharel.[4] Entusiasmado, o tio, que, nesse intervalo, tinha ocupado o trono papal, o presenteou com a nomeação a cardeal. Naturalmente a nomeação é conferida com pudor e desenvoltura – isso, óbvio, para não suscitar mais acusações de favorecimento nepotista.

Entretanto, as concessões de privilégios não terminam aí. Calisto III, o tio, decide nomear seu pupilo vigário papal na marca de Ancona. Não se trata de uma tarefa fácil, já que os senhores da região das Marcas[5] estão se rebelando contra o governo romano e, ao mesmo tempo, em luta contínua entre si.[6]

O jovem cardeal Rodrigo Bórgia chega com um minguado grupo de colaboradores à cidade, no meio da noite, e na manhã seguinte convoca uma reunião com todos os responsáveis pela ordem, justiça e coleta de impostos no palácio da cúria.

"Estou aqui a mando do santo padre", apresenta-se. "Antes de tudo, quero saber de vocês como estão as forças de intervenção, ou seja, de quantos combatentes dispõem e de quantos cavaleiros, e se possuem armas de fogo, começando pelos canhões. Vocês possuem canhões?"

Timidamente, alguém responde: "Não, eminência, estamos aguardando, mas até agora não recebemos nada".

---

[4] Roberto Gervaso, *I Borgia* (Milano: Rizzoli, 1980, p. 68).

[5] Região da Itália central, com capital em Ancona, composta das províncias de Pésaro e Urbino, Ancona, Macerata, Fermo e Ascoli Piceno. (N.E.)

[6] Gervaso, *I Borgia*, p. 70 e ss.

"Bem, pensei nisso, tenho comigo quatro carretas com arcabuzes, morteiros e escopetas com tripé, por causa do recuo, e temos também quatro parelhas de bois que puxam quatro canhões de sete libras."

"Mas não sabemos usar armamentos desse tipo", admite, humildemente, o chefe dos guardas.

"Estou aqui por isso."

"Vai ser nosso mestre, eminência?"

"Eu poderia muito bem, mas prefiro que sejam instruídos pelos dois mestres de arcabuzes que trouxe comigo."

"Perdoe-me, mas o senhor tem a intenção de disparar aqueles projéteis?"

O vicário retruca: "Entendo que, considerando a situação que foi se criando nesta vossa esplêndida cidade, Ancona, vocês manifestem certas reservas em atirar balas de chumbo em cima dos personagens mais eminentes da cidade. Informei-me e sei que nessa disputa, às vezes sanguinária entre as várias facções de nobres, vocês, representantes da ordem e da justiça, mantiveram-se sempre em equilíbrio, estável, instável e aparente. Enfim, trataram de sobreviver, espertalhões! Agora, deverão fazer algumas escolhas. Chega de intrigas, de favores recíprocos, de descuidos. Não podem mais se esgueirar, agora vocês têm os meios para impor a ordem: aprendam a atirar, ou nós vamos atirar em vocês".

"O quê? Quem vai atirar em nós?"

"Em Roma, mil homens estão prontos e, a uma ordem minha, em apenas um dia de marcha estarão aqui, prontos para substituí-los, naturalmente depois de terem enterrado aqueles, entre vocês, que se opuseram às nossas ordens. Escolham."

"Escute… Tivemos que ceder ao imenso poder, também armado, desses revoltosos…"

"Desculpem-me. Não diz nada a vocês o nome Grippo dei Malatempora?"

"Sim", foi a resposta em coro dos homens da ordem. "É justamente um dos notáveis que organizaram a última revolta!"

"Bem, ele não está mais aqui."

"Foi morto?!"

"Não, é hóspede em suas prisões. Foi por isso que cheguei durante a noite, com um grupo de homens suficiente para conseguir acorrentá-lo.

Esse espantalho daqui a pouco estará viajando para Roma, onde será imediatamente julgado. Gostaram da palavra 'imediatamente'?"

"Sim."

"Então, vão escutá-la repetidas vezes enquanto eu estiver aqui." E, assim, pela primeira vez, na cidade de Ancona se ouviu trovoar canhões e morteiros.

É preciso dizer que aqueles estouros produziram um efeito extraordinário sobre os responsáveis pela administração pública. Rodrigo Bórgia, vicário papal na comarca de Ancona, conseguiu capturar uma centena de homens dos altos escalões e seus lacaios. Os mortos, considerando o valor da operação, alcançaram o número mínimo previsto. Em síntese, um trabalho limpinho.

Finalmente, enquanto se preparava para montar, sempre diante dos responsáveis pela cidade, alguns algemados e outros momentaneamente livres, o vicário concluiu sua missão: "De agora em diante, a colaboração dos senhores com o Estado da Igreja e o santo pontífice não será mais apenas formal, mas manifesta e responsável. Portanto, nenhum de vocês, seja magistrado, capitão do povo ou juiz, estará autorizado a impor taxas arbitrárias, a declarar guerras de rapinas, a administrar a justiça, a gerenciar o jogo de azar e a prostituição, a cunhar moeda e a chantagear mercadores, lojistas e artesãos à maneira dos usurários do governo, como sempre fizeram. Ah! Estava me esquecendo: será preciso que cada um de vocês, e toda a população ativa, seja capaz de demonstrar, todos os meses, que pagou os impostos para o Estado que eu aqui represento".

Foi um grande sucesso, especialmente entre o povo, tanto que, no momento de seu "Adeus, até mais", um grande número de pessoas o acompanhou até a porta maior da cidade, aplaudindo e gritando com animação:

"Volte logo, Rodrigo! Precisamos de alguém como você!"

E alguém, em voz alta: "É você que deveria se tornar papa!".

"Obrigado, estou pensando nisso, farei de tudo", respondeu o cardeal, que incitou seu cavalo a marchar rapidamente. Chegou a Roma, onde muitas pessoas já sabiam dos feitos em Ancona e o aplaudiram também. Até o pontífice celebrou descaradamente a chegada de

Rodrigo ao Vaticano e o abraçou que nem a um filho. Como prêmio, nomeou-o vice-chanceler, ou seja, daquele momento em diante, o rapaz só não tinha mais poder que o papa.

Grande carreira!

Uma família ideal

Naquele tempo, Rodrigo tinha um relacionamento amoroso, talvez até mais. Com essas amantes, tem três filhos. Pode ser também que tenha sido apenas uma mulher, que engravidou três vezes, mas não sejamos minuciosos. Sua relação com o tio é constante e se desenrola em um clima cada vez mais afetuoso. Infelizmente, três anos após ter sido eleito papa, o pontífice Calisto III é vítima de uma crise de gota que os médicos consideram muito grave.[7] Ninguém suspeitava que, naquela idade, frequentar muito assiduamente senhoras levasse a uma doença desse tipo. Entretanto, era este o diagnóstico da medicina quinhentista: os efeitos causados pelo chamado da carne, consumida tanto na mesa quanto na cama, são sempre deletérios!

Sabendo que o pontífice está às portas da morte, os nobres romanos que, por todos os três anos de seu pontificado tiveram que engolir em silêncio a sequência de nepotismo a favor de um número insuportável de parentes próximos, adquiridos ou secundários, finalmente podem se preparar para vingar tamanho despotismo. Os privilégios, que por anos foram prerrogativa dos espanhóis, agora voltariam a eles finalmente. Os usurpadores vão pagar.

Tanto que, um após outro, lacaios, servos e aduladores ibéricos "profissionais" desaparecem imediatamente, e Rodrigo fica sozinho recolhendo os últimos suspiros do santo padre. É comovente notar como a presença do sobrinho é constante: pode-se dizer que não se afasta quase nunca da cabeceira do tio. Sabe muito bem que ficando ali, exposto, corre o risco de sofrer, sozinho, a ação brutal dos vingadores. Mesmo assim, o mais poderoso dos cardeais não apenas permanece velando seu protetor, mas também toma todos os

---

[7] Marion Johnson, *Casa Borgia* (Roma: Riuniti, 1982, p. 44).

cuidados para não reagir com gestos ou ameaças quando o palácio é saqueado pelos capangas a serviço das famílias Colonna e Orsini – as quais, após a morte do pontífice, realizam um verdadeiro expurgo.

Para começar, o irmão mais velho de Rodrigo, Pedro Luís, que tinha sido nomeado comandante-geral da Igreja e prefeito da cidade, no dia anterior à morte do papa foi forçado a fugir, camuflado, para escapar do linchamento. Mas, apesar de ser um Bórgia, a sorte não estava mesmo a seu favor: ele encontrou abrigo em Civitavecchia, mas morreu em pouco tempo de malária.

Ao contrário, em Roma, enquanto são massacrados os espanhóis ou quem tinha relações com eles, ninguém tem a ousadia de encostar um dedo em Rodrigo. Ele é intocável não tanto por ser protegido pelos novos poderosos, mas graças à sua reputação de homem insubstituível e ao talento único com que ocupa o lugar de vice-chanceler. Incrível: parece que qualidade e engenho ainda fazem a lei.

Naquele momento, quando morreu o papa Calisto III, seu tio, o jovem Bórgia tinha 27 anos. Pois bem: durante o reinado de outros quatro pontífices, ele permanecerá, sem interrupções, responsável por aquele cargo, abaixo apenas do papa – até quando tiver de abandoná-lo para usar, ele mesmo, a tiara papal.

Em 1446, ou talvez no ano seguinte, o cardeal Rodrigo encontra aquela que, pode-se dizer, será a mulher mais importante de sua vida – até porque será ela que, algum tempo depois, dará à luz Lucrécia.

É uma romana belíssima, provavelmente de origem lombarda, alta, elegante e cheia de encanto. Acima de tudo, é uma mulher inteligente, pois do contrário não teria chamado atenção de um homem esperto e poderoso como Rodrigo.

Seu nome é Giovanna Cattanei, conhecida como Vannozza. À época do encontro, Vannozza tem cerca de vinte anos e Rodrigo, onze a mais. O cardeal mantém bem escondida essa relação e proporciona à amante uma casa mais do que digna na qual a visita, sempre tomando cuidado, praticamente todas as noites. No entanto, na sociedade daquele século, era aceitável um homem da Igreja ter relações flagrantemente irresponsáveis com mulheres de qualquer camada ou posição social.

Portanto, estamos diante de um libertino descarado mas com algum pudor. Ou, se preferirem, um hipócrita presbiteral, como nos ensina Molière em seu *Tartufo*. O fato totalmente singular é que, diferentemente de outras relações que manteve até então, nessa o grande prelado não procura uma aventura, mas o sentido de família. Tanto que os quatro filhos que nasceram dessa união serão seguidos, amados e criados em um núcleo familiar quase convencional. E não podendo interpretar o papel de pai, eis que o cardeal contrata um representante. E o escolhe com muito cuidado.

Chama-se Giorgio de Croce, um escrivão apostólico. É inútil dizer que o emprego no Vaticano lhe foi proporcionado pelo cardeal, o pai autêntico. E, naturalmente, pelas incumbências de pai acrescentou um pagamento adicional.

Rodrigo, por sua vez, precisa inventar um figurino para si, trajando-se de tio, absolutamente verossímil. Um tio amável, generoso e extraordinariamente afetuoso para com seus sobrinhos. Tanto que os visita pontualmente todas as noites, levando presentes. E, justamente na casa de Vannozza, reservou para si um quarto modesto, um *pied-à-terre*, como os das *pochades*, ou seja, como nos jogos cênicos da *commedia dell'arte*. Sai o marido-pai, entra o tio-cardeal, que (veja só!), durante a noite, depois de ter abraçado e mimado as crianças, finge retirar-se em seu quarto e dormir, mas, logo depois, escapa discretamente e vai para a cama da esposa do falso marido. Algumas vezes, lhe acontece também de encontrar uma ou mais crianças à procura da mãe porque tiveram pesadelos, mas o tio as tranquiliza, segura no colo, nina e leva novamente para a cama! Depois vai ninar a mãe.

Para falar a verdade, entre todos os papéis, o que dá mais trabalho é ser o falso marido. Encenar o personagem de pai e esposo – e depois, com a chegada do patrão, desaparecer para voltar somente ao amanhecer e, assim que ele sair, despir-se de novo e voltar para a cama – não é uma brincadeira tão divertida. Mas quando em troca se obtém vantagens financeiras notáveis e se goza de uma profissão tão segura, vale a pena até conformar-se com o papel de cafetão.

Mas exatamente como nas comédias improvisadas, que começavam a ser encenadas naquele tempo, acontece a reviravolta. De repente, o falso marido e falso pai morre. Desfecho teatral inventado?

Não, é verdadeiro. Tanto que depois do funeral do pai de aluguel, entre orações e lágrimas, é necessário escolher outro pai. Dessa vez, é contratado um literato. Isso mesmo! Carlo Canale, mais jovem que o predecessor (tem mais ou menos a mesma idade de Vannozza). Naturalmente, ele também terá vantagens, será bem recompensado e deverá apenas cuidar da viúva consolável e das crianças, como preceptor. Pagamento extra.

Canale logo descobre que seus novos filhos são altamente dotados tanto nas disciplinas científicas quanto nas letras e na poesia. Especialmente Lucrécia, que é, sem dúvida, a mais versátil e receptiva: da infância à puberdade, aprende latim e grego com facilidade inaudita, sabendo de cor e em pouco tempo trechos de poemas e líricas dos mais conhecidos autores de letras e ciências. Naquele tempo, Lucrécia tinha apenas 6 anos.

Passaram-se mais seis anos, e chegamos aos dias em que o papa Inocêncio VIII (de quem já falamos no começo a propósito de sua extraordinária coleção de amantes e da numerosa prole, fruto dessas santas relações) agoniza em seu leito.

Desde a morte do tio Calisto III, trinta e cinco anos se passaram, e pode-se dizer que a escolha de todos os novos papas que nesse meio-tempo ocuparam o trono de Pedro foi fruto da gestão muito hábil de Rodrigo Bórgia. Como dissemos, esse seu talento para mover as cartas e os interesses que contam o mantém inamovível de seu papel de vice-papa.

Depois de Pio II, Paulo II, Sisto IV e, finalmente, Inocêncio VIII, o cardeal Bórgia decide que chegou a hora de eleger a si mesmo para o trono mais alto. A esse ponto, é inútil continuar encenando, para a família, o papel de tio generoso que chega à noite e parte ao amanhecer. Agora, já que será daqui a pouco o patrão da santa cátedra de Roma, pode eliminar qualquer boato que certamente poderia explodir ao saberem que o papa tem filhos e esposa morganática.

No entanto, Rodrigo precisa comunicar essa verdade também para os filhos. Não há documentos sobre isso, mas é fácil imaginar as palavras e o diálogo que deve ter acontecido no momento da revelação. Ele reúne a família e diz: "Queridos filhos, o tio de vocês daqui a pouco se tornará papa". Gritos e aplausos, abraços e beijinhos por parte das crianças em coro. Mas, a essa altura, qual era a idade delas? O maior, Juan, tem 18 anos; César, 16; Lucrécia, 12; e o quarto, Jofré, tem 10 anos.

Lucrécia, lançando-se nos braços de Rodrigo, pergunta: "E podemos sempre te chamar de tio ou teremos que acrescentar 'santidade'?".

Rodrigo toma fôlego por um momento, convida todos a se sentarem, inclusive Vannozza e o marido, e então anuncia a incrível verdade: "Não, não precisa mais me chamar de tio, porque, na verdade, não sou irmão da mãe de vocês, e Carlo Canale não é o segundo marido dela, e o defunto pai de vocês não era de fato o pai de vocês". Os rapazes ficam arrasados. César pergunta: "Então se todos somos personagens de mentira, falsos, quem é você?".

"Sou o pai, o verdadeiro pai de todos vocês, não apenas o espiritual mas especialmente o carnal, que os gerou com sua mãe, a única pessoa real."

César pergunta num tom ressentido: "E o senhor continuou contando essa mentira por todo esse tempo... Por quê?".

"Porque teria sido um escândalo a descoberta de que o vice-papa, meu cargo até agora, tinha uma mulher que amava e com ela havia gerado quatro filhos que adora. Para vocês também teria sido difícil saírem ilesos."

Lucrécia começa a chorar, e com ela também o irmão mais novo: "O senhor sempre nos disse que não se deve mentir – soluçou a moça –, que a verdade não pode ser traída nem manchada. E agora descobrimos que tudo em nossa casa era falso, maquiado. Nosso pai mentia, segurando-nos no colo, mentia deitando-se na cama com nossa mãe, e ele também, nosso preceptor, tudo falso. O que diremos a nossos amigos, às pessoas que, com ironia, vão nos perguntar: 'Como estão seus dois pais?'".

Rodrigo, calmamente, diz: "Respondam perguntando a eles: 'E os de vocês?' – já que também devem saber o seguinte: no Vaticano e em seu entorno, são poucos os filhos legítimos e as mães realmente casadas. Em todo caso, saibam que sempre amei vocês como meus filhos e agora poderei amá-los à luz do dia".

"Por que somente agora?"

"É simples, meus queridos. Daqui a alguns dias serei eleito para o topo da pirâmide. Uma pirâmide composta por milhares de homens mais ou menos poderosos, que, colocados uns em cima dos outros, seguram a construção com braços erguidos. Quem segura precisa ficar em equilíbrio, senão acaba esmagado ou expulso de sua função e substituído imediatamente por outro mais apto e esperto. O único que nunca corre o risco de ser arremessado para fora da pirâmide é quem está no topo dela, ou seja, o papa. Apenas a morte pode afastá-lo. Portanto, nem mesmo as infâmias e calúnias, sem falar das verdades indizíveis, poderão me atingir, nem de raspão. E assim é com vocês, que são minhas criaturas. Como aprendi com meu mestre de geometria, o equilíbrio dinâmico é a força da fé. Alguém sustenta que é uma blasfêmia, mas me sinto bem com isso!"

História de amor impossível. Mas sem rede

Esquecemos de dizer que, algum tempo antes de dar aos filhos a notícia de ser seu verdadeiro pai, Rodrigo tinha encontrado uma moça muito jovem, cuja beleza extraordinária era conhecida em toda a Roma importante. Trata-se de Júlia Farnese. Àquela época, a família Farnese não possuía ainda a fama que viria a ter alguns anos depois. Júlia cresceu no campo, perto de Capodimonte, mas foi educada finamente nas letras, na dança e na música. De fato, tocava deliciosamente o alaúde. Tinha acabado de sair da puberdade quando conheceu, em Roma, o cardeal Bórgia, que organizava o ensaio geral para se tornar papa.

O encontro com a moça foi um verdadeiro amor à primeira vista, daquele que abala montanhas. A beleza de Júlia era descrita por todo mundo com tal fervor que até Rafael quis retratá-la em uma de suas obras famosas. O cardeal se apaixonou de imediato.

Ele tem 58 anos, está cheio de força espiritual e gordura, tanto que terá bastante trabalho para conseguir abraçar aquela menina de apenas 14 anos, uma adorável ninfa.

Mas como o idoso bispo consegue administrar a situação? Quem se ocupará disso será Adriana Mila, prima de Rodrigo, é ela que, naquele momento, administra toda a intriga amorosa. Além do mais, Mila é a preceptora de Lucrécia, que mora com ela. A cafetina toma o cuidado em driblar qualquer perigo de escândalo e, para maior cobertura, chega a fazer com que Lucrécia se torne amiga da nova namorada de Rodrigo. Isso, justo no momento em que Lucrécia ficou sabendo que o tio afetuoso é seu verdadeiro pai; quando descobre que ele é também o amante da amiga, seu espanto vai além de qualquer limite do desespero.

Mas, desgraçadamente, Rodrigo ainda não é oficialmente papa e, portanto, não pode se permitir impor suas loucuras particulares a todo o reino. Por isso só lhe resta uma solução: deixar a moça ou continuar com ela e dividi-la, pelos menos nas aparências, com algum tutor oficial, melhor se for um marido. Como diz um antigo provérbio, é sempre oportuno que as coisas sujas fiquem em família. Quem pensa nisso é justamente a cafetina, que propõe, como noivo para a amante do próximo pontífice, nada menos que o próprio filho, Orsino Orsini. A solução ideal para uma família religiosa!

O filho, além do mais, é caolho; então, é só fechar o outro olho também! E precisa se apressar: Júlia está grávida, naturalmente, de Rodrigo... Não por acaso, o termo "bispo", na expressão dos antigos cristãos, se traduzia por "ativo e infalível". Perfeito! No entanto, é melhor que o filho nasça com um pai legítimo.

Enquanto isso, Lucrécia não deixa passar nada e descobre cada manobra e artimanha do pai e da tutora. O que ela pode fazer? Como deve se comportar? Na verdade, às vezes sente certo desgosto, gostaria de poder conversar com César, o irmão no qual sempre confiou nos momentos difíceis, mas, infelizmente, ele está na universidade de Pisa. Lucrécia mora faz tempo com sua ama, a cafetina, mas com certeza não é o caso de confiar nela. Então, decide pela mãe e a procura em seu antigo palácio.

Ao mencionar suas inquietações, Vannozza a abraça e começa a chorar. "Mãe, descobri que meu pai se ligou a uma jovenzinha mais nova do que eu."

"Sim, eu sei", a mãe lhe confia com uma voz fraca: "Sei também que quem administra toda essa história é Adriana, prima dele.

Percebi que ele estava com outra mulher e, acima de tudo, que me tornei descartável".

E chora desesperadamente.

Mencionamos no início como os episódios marcantes da vida dos Bórgia, em particular do tio Calisto III, do pai, Rodrigo, e do filho guerreiro e também cardeal César, não surpreenderam ou indignaram a sociedade da época. Em poucas palavras, era costume a ausência de escrúpulos em qualquer ocasião, ou seja, eram consideradas rotineiras as histórias particulares e muitas vezes escandalosas dos altos prelados, até as do próprio pontífice e de seus parentes mais próximos. Em suma, quem vive no pecado mais sórdido é um personagem que se doa sem falsos pudores, por isso inspira mais confiança. As crônicas da época, de fato, noticiavam os acontecimentos mundanos, e também os acontecidos no âmbito do próprio Vaticano, com desenvoltura e sem a intenção de produzir escândalo. Mas quando, na cena da história da Renascença, aparecem os Bórgia, aplaudidos por uma avalanche de apoiadores, a começar pelos parentes mais próximos, eis que o interesse do público nacional e estrangeiro torna-se realmente vivo e vai além das pasquinadas de quatro versos em rima, uma vez que, naquele jogo de atingir o limite da calúnia, exibem-se também jograis e poetas satíricos, arriscando, muitas vezes, o ressentimento feroz da torcida política espanhola e dos próprios Bórgia, já famosos pela perversidade com que costumavam punir os detratores.

O máximo dos exageros sobre o escândalo é alcançado quando começa a circular o boato sobre certos amores incestuosos, e chega-se a insinuar que Lucrécia foi seduzida tanto pelo pai, príncipe da Igreja, quanto pelo irmão, guerreiro impiedoso. Além disso, não existe nenhuma prova confiável de tais indignidades. Quais seriam, então, os testemunhos usados pelos detratores para sustentar essas acusações?

O casamento é a pedra angular que sustenta o arco sob o qual prosperam as traições mais espantosas

Comecemos pelo casamento de Lucrécia com Giovanni Sforza, sobrinho de Ascânio Sforza, o poderoso cardeal que favoreceu a eleição de Alexandre VI Bórgia.

Foi um casamento arranjado por jogos políticos. Servia para ligar estreitamente o papa a Ludovico, o Mouro, partidário de uma ida à Itália de Carlos VIII, rei da França, a fim de tirar do caminho Afonso II de Aragão, rei de Nápoles, e seu poder. Em 12 de junho de 1493, Lucrécia se casa com o jovem rebento dos Sforza, ele também filho ilegítimo. Presente na cerimônia, para grande surpresa de todos, está o pai da noiva, ou seja, o santo pontífice, circundado com grande pompa por dez cardeais. Entre tantos prelados, adornado de púrpura vermelha, está também o irmão de Lucrécia, César. O que ele faz no meio de tantos homens de fé, afinal? Simples: o pai, há algumas semanas, nomeou cardeal também a ele, César. Parabéns!

É evidente que, com sua presença, papa Bórgia pretende oficializar o fato de que Lucrécia é sua filha predileta. César levanta a irmã nos braços até tirá-la completamente do chão e a beija na boca, o que produz um burburinho intenso. Não há dúvida de que, com aquele gesto, o despudorado irmão queria mostrar seu grande amor por ela.

"Que tivessem ou não cometido incesto, sem dúvida César e Lucrécia se amavam, mesmo que fraternalmente, mais do que amavam qualquer outra pessoa e mantiveram fidelidade recíproca até o fim. Lucrécia representava a única exceção de mulher para César, um conquistador que não tinha nenhum respeito e consideração pelas mulheres."[8] Durante a festa nupcial, quando aparece uma nova personagem, os "Oh!" de surpresa se sucedem sem interrupção. Com eles vem junto a comoção que se expande ao saberem que aquela mocinha sentada à esquerda do papa é nada menos que Júlia Farnese, agora já reconhecida como sua queridinha oficial.

Voltando ao casamento, o presente de núpcias para o esposo consiste na concessão da soberania sobre a cidade de Pésaro por parte de Ludovico, o Mouro. O papa acrescenta um dote de 31 mil ducados. Mas a união dos dois jovens não é consumada imediatamente, já que Lucrécia é ainda, como se dizia então, implume, ou seja, tem apenas 13 anos. Portanto, celebradas as núpcias, o pai a leva com ele e envia o noivo a Pésaro com a finalidade de retirá-lo de seu caminho. Para ter certeza de que as coisas andem como devem, o papa coloca no

---

[8] Sarah Bradford, *Lucrezia Borgia* (Milano: Mondadori, 2003, p. 89).

controle seu filho predileto, César, que o noivo já aprendeu a reconhecer como o mais impiedoso servidor do papa.

Apenas alguns meses mais tarde Lucrécia será levada a Pésaro, para que o casamento seja consumado. E, por favor, com calma e respeito.

Quatro anos se passaram, e a relação do jovem casal navega em águas tranquilas, mas em um ambiente invadido pelo tédio. De fato, estamos em uma cidade do interior, e ainda por cima com uma corte sem espírito e iniciativa. Porém Giovanni se comporta como um marido feliz e apaixonado. E como poderia ser diferente? Basta admirar o famoso retrato de Lucrécia pintado por Bartolomeo Veneto, no qual a moça aparece adornada por cabelos sutis e loiros que emolduram um rosto, no mínimo, estonteante, para exclamar: "Ninguém no mundo pode fugir das graças de tamanha beldade".

Entretanto, como já era habitual, os projetos políticos dos Bórgia mudam de repente. Por quê? O que aconteceu?

O rei fantoche que anda como uma marionete

Aconteceu que o jovem rei da França, Carlos VIII, decidiu descer até a Itália com um exército imponente, sem escutar as prudentes opiniões de seus conselheiros. O monarca de 22 anos, que as crônicas descrevem como obtuso e megalomaníaco, e que alguns de seus súditos, pela maneira de ele se mexer e pela sua cara de marionete, chamavam *le roi guignol*,[9] quer conquistar para si o reino de Nápoles e preparou, com esse fim, uma armada de quarenta mil homens. Seus aliados italianos são Ludovico, o Mouro, Giuliano della Rovere e Hércules d'Este (que encontraremos adiante). É sabido que, na Itália, acha-se com muita facilidade gente disposta a subir no carro do primeiro invasor.

A essa altura, tem início os confrontos. A frota napolitana é derrotada pelas forças navais francesas; o exército pontifício se encontra cercado em Romanha, e, além do mais, os Orsini e os Colonna passam para o lado dos prováveis futuros patrões. O papa se dá conta de que,

---

[9] *Guignol*, em francês, é "marionete". (N.T.)

naquelas condições, resistir aos franceses é impossível. Alexandre VI decide, então, refugiar-se no Castelo Santo Ângelo e aguardar por eventos melhores.

Assim, Carlos VIII faz seu ingresso triunfal em Urbe, aplaudido pelos lacaios habituais, prontos para servir. O primeiro impulso do papa é fugir, mas depois é tomado por um orgulho atávico e um poderoso sentido de dignidade. Então, decide jogar todas as cartas possíveis.

Inicia enviando ao rei uma delegação composta por intelectuais de classe, entre os quais decide incluir seu filho César, na qualidade de intérprete. O jovem, de fato, estudara francês na universidade de Pisa e falava a língua com perfeição. Parecia formado em Sorbonne. Já no Palácio Veneza, onde o rei se hospedou com todos os seus oficiais, César faz as apresentações. Um a um, introduz os quatro delegados, falando naturalmente em francês, e traduz para eles, de modo conciso e sem requintes, os comentários do rei. Permite-se ainda dizer algumas piadas ao monarca, como: "Notou, majestade, a simpatia que expressou para com o senhor o povo romano? Pareciam fanáticos! Espero que tenha sido de seu agrado! Alguém chegou a gritar: 'Instalem no Vaticano esse cavalheiro! O que estamos aguardando para fazê-lo papa?'. Majestade, se eu estivesse em seu lugar, pensaria seriamente nisto: um rei que se nomeia papa, isso nunca aconteceu".

Carlos de Valois desata a rir e comenta: "O senhor é muito engraçado, além do mais fala minha língua com um sotaque realmente invejável! Quem sabe é meu súdito?".

"Não, majestade, gostaria, mas, infelizmente, nasci em Roma. Oh, estava me esquecendo, trago as saudações de meu pai!"

"E quem é seu pai?"

"O papa, majestade. Sou filho de Bórgia, o atual pontífice Alexandre VI."

"Mas... Santo Deus! Não sabia que o papa tinha um filho! Você terá nascido antes de ele começar a carreira eclesiástica?!"

"Não, alteza, quando nasci, meu pai já era cardeal. Deve saber que entre nós isso é normal. Creio que nunca foram eleitos papas sem filhos, mulher e, muitas vezes, concubinas."

"Ha-ha! Mas o senhor é realmente divertido e descarado! Falar assim do santo clero da Igreja apostólica romana!"

Enfim, o encontro com o rei da França é um grande sucesso, especialmente para o jovem Bórgia, que, voltando até o pai, exclama: "Pai, esse Carlos VIII é uma presa muito fácil. Preparei a mesa com a toalha já posta para você. Agora é sua vez".

O papa e o monarca se encontram no Vaticano. Para a entrada de Carlos de Valois no quadripórtico do grande palácio, a fanfarra das milícias pontifícias entoa a ampla e suntuosa marcha do reino da França. Já essa recepção causa certa impressão ao jovem *guignol*, que levanta os braços e faz uma reverência diante do pontífice, o qual vai a seu encontro sozinho, seguido de perto não por bispos, como todos teriam esperado, mas pelas damas mais luxuosas da corte papal.

A partir daquele momento, começa a dança de gato e rato.

Alexandre VI dirige-se ao jovem monarca falando em latim: "*Exceslis rege qui degnastibus descendere hic Italiae magno honore civitas nostram exultes menomatus*".[10] O rosto de Carlos mostra um olhar aterrorizado, até que o papa dá uma grande risada: "Hahaha! Eu o assustei, meu senhor, não é mesmo? Não tenha medo, majestade", diz em italiano, ajudando-se com gestos. "Já que se deu tão bem com meu filho, posso encarregá-lo, se for do seu agrado, de ser nosso intérprete."

"*Votre fils? Oh, je suis bien content de ça! Il est tellement aimable!*"[11]

Então César chega, sorrindo, e, com maneiras muito elegantes, faz menção de se ajoelhar aos pés do rei, que o levanta com firmeza e o abraça. E assim começa o jogo de trapaça com o monarca. Finalmente, chegam ao acordo: o papa concede ao exército francês a passagem através dos Estados pontifícios; em troca, o rei aceita deixar Roma imediatamente e promete proteção e amizade aos Bórgia. Fica estabelecido que o filho do papa, César, acompanhará a armada francesa formalmente como legado pontifício, mas, na realidade, como um refém muito privilegiado.

Carlos VIII chega em pouco tempo a Nápoles e é acolhido ali também como vencedor. Naturalmente, o rei Afonso II fugira da capital

---

[10] "Vossa Excelência, o rei, que se dignou a vir até aqui, para grande honra da Itália, deixe nossa cidade se alegrar." (N.E.)

[11] "Vosso filho? Ah, fico muito feliz com isso! Ele é tão gentil!" (N.E.)

do Sul, refugiando-se na Sicília, e abdicara; assim, sem demora, o rei da França pode tranquilamente se autonomear soberano de Nápoles.

Entretanto, a Espanha e os outros Estados italianos e europeus começam a ficar inquietos pela excessiva influência que os franceses estão conquistando em toda a península. Então, decidem cortar essa ameaça pela raiz. Cria-se, assim, a Liga Santa.

Para não chamar muita atenção com esse projeto, declara-se que a confederação tem o objetivo de combater o avanço dos turcos, mas todos sabem que o turco mais perigoso vem de Paris e se chama Carlos, vulgo o Guignol. Este entende que corre o risco de ficar preso na Itália meridional por todas essas forças. Então, estrategista experiente, arruma suas malas e vai para o Norte – em suma, dá no pé.

A incumbência que o papa tinha confiado a Giovanni Sforza, 30 anos, marido de sua filha, era comandar o reconstituído exército napolitano, fortalecido por um contingente papal, a fim de atacar a vanguarda francesa em marcha para o Norte. Mas Giovanni tem o cuidado de ficar longe do confronto direto, ou seja, emprega a tática de Fábio Máximo, o Protelador: seguir as tropas inimigas a uma boa distância e intervir apenas no momento em que se encontrem em dificuldades.

Giovanni, o Temerário, persegue, mas, infelizmente, as situações difíceis para os franceses nunca surgem.

Entretanto, Carlos descobre que o Exército da Sereníssima também está se movendo para encontrá-lo, possivelmente antes que ele e suas tropas ultrapassem os Apeninos. Por isso, ordena que todos apressem o passo. Chegando a Pisa, é acolhido pela população em festa; mulheres belíssimas aclamam e abraçam os militares franceses, especialmente se estiverem montados. Mas o monarca da França tem pressa e exclama: "Temos que escolher: ou a diversão carnavalesca ou a armadilha cavalheiresca. Não faz sentido, mas rima" – e, com toda a armada, prepara-se para alcançar o vale do rio Pó.

Um rei deve saber, às vezes, baixar a cabeça, especialmente diante de vigas muito baixas

Ao passar pelas vertentes dos montes Carrarini, a artilharia e as reservas estão atrasadas. Os franceses descem o vale diminuindo o passo mas em Fornovo se confrontam com as tropas da liga, comandada por Francisco Gonzaga, marquês de Mântua. O impacto é feroz. As tropas francesas, mesmo sendo minoria, conseguem evitar a rota e escapam ao cerco, perdendo muitos homens mas provocando um número igual de mortos no exército dos aliados italianos.

Desencorajado, mas não derrotado, o rei passa os Alpes e volta para a França – até que, em Amboise, onde se retira para lamber as feridas, sofre um acidente como um palhaço. Montado a cavalo, ao passar sob uma porta de pedra, como um perfeito *guignol*, bate a testa na arquitrave e morre. O cavalo saiu ileso: ele teve a prontidão de baixar a cabeça.

O genro de Alexandre VI também, escondido não se sabe onde, se manteve ileso. Então o papa o bombardeia com cartas nas quais lhe ordena que deixe o comando a outros de seus capitães mais capazes e se dirija imediatamente a Roma. O jovem Sforza, evidentemente jubilado, chega à capital do Estado pontifício e visita a esposa.

Papa Bórgia, no começo, não manifesta hostilidade ao genro traidor, tanto é que, no Domingo de Ramos, vemos aquele que era considerado o senhor de Pésaro em São Pedro, entre as autoridades, sentado ao lado de César, receber os ramos abençoados que o papa lhe oferece durante o rito. Em casa, uma vez de volta ao palácio onde se encontra Lucrécia, ela se diz muito preocupada pelo futuro próximo do marido e lhe confia querer realizar um velho truque que na sua família é usado muitas vezes: uma provocação que permita descobrir o que está programado para o esposo.

Depois da partida de Giovanni, em frente aos serviçais, na presença da ama cafetina, a filha do papa começa a chorar, lamentando não poder aguentar mais aquele esposo considerado, por todos, pusilânime e sem dignidade, tanto na batalha quanto na vida de todos os dias. E então, eis que uma serviçal a abraça e sussurra: "Não se preocupe, senhora, daqui a alguns dias estará livre dele".

E Lucrécia retruca: "Livre? De que modo? Meu marido será morto?". A cafetina, querendo interromper aquele diálogo perigoso, minimiza: "Mas que besteira, morto! Existem meios muito mais fáceis e menos sangrentos, no pior dos casos, para induzir alguém a deixar uma doce presa".

Tudo termina aí, e Adriana Mila ordena: "Voltem todas ao trabalho, e nada de fofocas!".

Esse é o sinal, para Lucrécia, de que a armadilha funcionou. Quando o esposo volta, ela o alcança e adverte: "As coisas não estão boas, meu querido. Tenho certeza de que meu irmão César e meu pai têm a intenção de acabar com você. O fato de que ainda não te ameaçaram diretamente significa que já têm um plano que conta com a eliminação sem testemunhas e, por isso, muito mais impiedosa".

Ele diz: "Mas quem te contou, as tuas camareiras?".

"Escute, Giovanni querido, pelo seu tom, percebo que minhas palavras não te convenceram, mas receba pelo menos este conselho: fique no teu canto em todos esses dias, e muito próximo dos estábulos, com um corcel já selado e com provisões." Assim falando, beija-o e vai embora, murmurando, pesarosa: "Juro para você, teria imensa dor se te machucassem".

Ao falar do lobo, eis que ele logo aparece. De fato, entra em cena Adriana, a condutora de todos os jogos, que anuncia, festiva: "Seu irmão está entrando no palácio".

"Oh, que linda surpresa!", exclama Lucrécia em tom forçado. Depois se deixa ajudar por Giacomino, o camareiro mais fiel, a vestir um amplo manto. Chegando no salão das esculturas, ordena ao serviçal: "Fique escondido atrás daquela estátua de Hércules e Caco e preste atenção ao que acontece".

Lucrécia recebe o irmão com um belo sorriso e o abraça, gritando a plenos pulmões: "Que presente magnífico está me fazendo, César, com essa surpresa!".

César a beija com ternura e diz sem preâmbulo: "Nosso pai e eu decidimos que aquele teu marido não serve mais – aliás, agora é um entrave para nós. Prepare-se para ser novamente solteira, ou até mesmo viúva".

E acrescenta, sempre para a irmã, que tinha ficado sem palavras: "Falaremos sobre isso mais adiante; não tenha medo, tentaremos fazer as coisas de modo que você não fique envolvida de jeito nenhum" – e com uma breve despedida, o filho do pontífice vai embora.

Imediatamente, Lucrécia se dirige a Giacomino: "Entendeu cada palavra? Vá e informe-o".

O servo desce aos estábulos e encontra Giovanni já montado em seu cavalo turco. Tem apenas o tempo para repetir-lhe as palavras de César: um golpe de espora e o esposo de Lucrécia parte a um bom galope, não parando nem um átimo nas fontes para o cavalo beber.

As crônicas asseguram que ele alcançou as Marcas em vinte e quatro horas, uma corrida que mataria qualquer cavalo. De fato, chegando às portas de Pésaro, o corcel desmorona no chão, morto.

Lucrécia desapareceu. Será que fugiu? Ou foi raptada?

No mesmo instante, em Roma, Lucrécia desce sozinha até os estábulos, carregando uma grande bolsa, e manda o cavalariço selar seu cavalo. Então, monta com a agilidade de uma verdadeira amazona, põe a bagagem no dorso do animal e o incita para alcançar um bom ritmo de marcha.

Adriana percebe a ausência de Lucrécia na mesma noite e, quando ouve tocar as vésperas, começa a ficar muito preocupada. Manda um servo verificar se a moça está na casa da mãe, mas logo recebe a notícia de que Lucrécia não foi vista na casa de Vannozza.

Tremendo, a cafetina manda advertir o pai, que está ceando com alguns embaixadores e que logo manda chamar o chefe das guardas e o encarrega de investigar. Diante de tal destacamento de forças, a verdade não demora a aflorar: a senhora saiu a cavalo com as bagagens e se dirigiu à via Ápia. Inicialmente, pensava-se que tinha saído da cidade, mas depois de interrogarem um por um os guardas de cada uma das portas, ficou claro que não tinha passado pelas saídas da cidade.

Passa-se mais uma noite antes que o papa Rodrigo é informado de que seu filho mais novo, Jofré, chegara de Nápoles no dia anterior e com certeza visitará a irmã na casa dela.

O jovem é encontrado em uma taverna chamada "da Vaca", que todos sabem ser de propriedade de Vannozza: alguns guardas o identificaram e o conduziram logo ao Vaticano. Em um primeiro momento, na frente do pai, Jofré nega ter encontrado Lucrécia, mas sob a insistência ameaçadora do papa, decide falar.

"Sim, pai, encontrei Lucrécia, na casa dela. Estava transtornada, dizia estar certa que a intenção sua, senhor, e de meu irmão César, é de matar seu marido."

"Mas do que está falando? Como pôde pensar uma besteira dessa?"

"Não sei – responde o rapaz, muito tenso – e nem me perguntei sobre isso, estava muito transtornado por minha conta para poder indagar o que perturbava minha irmã."

"Transtornado, você? E por quê?"

"Por favor, pai. Dizem em Roma que Alexandre VI é capaz de conhecer os pensamentos mais secretos de cada súdito desta cidade no mesmo momento em que são pensados."

"O que quer dizer?", irrompe o pontífice. "De que segredos está falando?"

"Para começar, daqueles que dizem respeito à nossa família."

"Escute, não brinque comigo de cabala das charadas. Fale claro."

"Estou me referindo à minha história, minha e de meu irmão César, que quis ter a satisfação de ir para a cama com a mulher de seu irmão, minha mulher!"

"Mas do que está falando?"

"Chega, pai, agora é você que brinca de cabala de quem diz que não sabe. Saudações, volto a Nápoles."

"Pare!" O papa o segura por um braço e o puxa para perto de si. "É verdade, César fez uma violência a sua mulher, é algo indigno. Soube hoje mesmo, de manhã, e o insultei violentamente, e César se virou contra mim, gritando: 'Mesmo você sendo o papa, não te dou o direito de interferir em meus negócios. Em vez disso, olhe para as suas tramas amorosas. Nunca cheguei a ser moralista com você, e teria muito para recriminar-te, por dias'."

Assim, o santo padre tem conhecimento de que Lucrécia está a par dos nefandos atos amorosos de César, e que, no fim dessas revelações, teve uma crise de gritos, insultos e até blasfêmias dirigidas a cada um, a começar por seu irmão e também contra o próprio papa.

Continuando seu relato, Jofré lembra: "'Chega!' gritou Lucrécia, transtornada. 'Está na hora de cair fora, prefiro desaparecer da podridão desta vida. É indigno! Em apenas um dia descobri que meus familiares mais queridos tramam matar meu marido e que meu irmão César cobiça a esposa de nosso irmão menor. Assim, só por diversão!'".

Em meio aos gritos de Jofré, Lucrécia começou a abrir repentinamente os baús para tirar vestidos e enxoval, e enquanto os enfiava em um saco, exclamava: "Melhor me soterrar em um convento que viver em um mundo tão infame!".

"É isso!", pula Rodrigo. "É isso! Está se escondendo em um convento! Como não pensei nisso antes?"

E finalmente o papa, após ter ordenado aos inquisidores que vasculhassem os numerosos conventos da cidade, consegue descobrir o lugar sagrado no qual está refugiada a filha. Trata-se do convento das irmãs de São Sisto.

Rodrigo vai até lá imediatamente, evitando acompanhantes: o que o perturba, obviamente, é pensar que a filha possa comprometer seus projetos com alguns caprichos.

Além do mais, é tomado de amor sincero por ela: "Eu te quero bem de verdade! Faria de tudo por você".

"Pai, um amor como o que você me oferece não me interessa – contesta Lucrécia – é meio serviço. Te parece digna a existência que você me impôs viver? Me fez passar toda a infância convencida de que o homem de pouco talento que dormia com minha mãe era meu verdadeiro pai. Pelo menos, demonstrava querer meu bem. Ao mesmo tempo, você se apresenta a mim e a todos os meus irmãos como um bom cardeal, homem de religião e de grande poder. E claro como o sol, de repente revela o que é na realidade: primeiramente, não um magnânimo amigo de casa, mas o amante de minha mãe por vinte anos, e nesse tempo a engravidou por quatro vezes, a seu prazer. E, finalmente, descobrimos que é o cardeal mais poderoso de Roma, o próximo papa, um mulherengo que coleciona aventuras amorosas sem fim. Tanto que se apaixona por uma belíssima amiga minha, uma mocinha, que se torna sua amante. Por uma questão de oportunidade, a faz casar com o filho de minha ama, um pobre coitado caolho que não tem onde cair morto. Depois chega a minha vez. Você decide, com a ajuda de meu irmão César, seu filho digno, que posso ser útil para envolver no projeto de vocês o duque de Milão, que normalmente te impede de se mover como quiser. Escolhe um sobrinho dele, também filho ilegítimo, por acaso, do senhor de Pésaro, outro Sforza, e o prepara para ser meu marido, sem nem mesmo me perguntar, depois de tê-lo apresentado a mim (note bem, eu então tinha treze anos), como se um homem com o dobro da minha idade pudesse me interessar. Você se comportou com mais delicadeza quando, nos estábulos papais, me mostrou um potro de raça e falou: 'Este é o melhor entre os cem cavalos do papa. Teste-o primeiro, e, se não gostar e achar outro que te dá mais prazer de cavalgar, fique à vontade, coloque nele o cabresto, peça que seja escovado como convém e leve-o para casa'. Mas voltando ao outro potro, o jovem Sforza, você me convidou a levar para casa ele também. Eu me acostumo, não é o homem que sonhava para minha vida, mas ele se apaixona por mim, primeiro, e depois descubro com ele o que significa ser considerada um ser humano e não apenas um peão para ser usada no tabuleiro de teus negócios."

O papa, depois de um longo silêncio, fala com voz submissa: "Preciso admitir que você me conhece melhor do que eu conheço a mim mesmo. Então, não vou buscar na retórica e na comoção uma defesa para o que aprontei, para como conduzi e estou conduzindo minha história. Mas juro que farei de tudo para sair desse labirinto no qual vou batendo aqui e ali, muitas vezes, acredite, desesperado ao ponto de pensar seriamente em abandonar tudo".

"Não me diga, pai. Quando fala 'abandonar tudo' está pensando em abdicar, ou melhor, se demitir e retirar, por sua vez, em um convento? Pai, sinto muito por não estar com ânimo para emitir uma série de risadas magníficas."

"Está bem, entendi. Hoje não é meu dia, mas espero que acima de tudo você tenha escolhido ficar dentro destes muros para meditar e tentar compreender e perdoar a loucura que tomou conta de nós, arrastando todos à insanidade e à piedade, também para nós mesmos."

Então, com uma saída de cena digna de um *ipocrites* do teatro grego, o papa vai embora exibindo lágrimas que descem riscando seu rosto.

**Chegou a hora de preparar outro enredo da peça.
Cuidado! Que não seja para os *clowns*!**

Alexandre VI agora ficou mais tranquilo. É certo que Lucrécia não suportará por muito tempo a rigidez daquelas férias monásticas e sairá dali com outro espírito, sustentado pela resignação. Mas apenas alguns dias se passam, e a notícia de que a filha do pontífice abandonou para sempre o ambiente suntuoso e mundano para se fechar em um convento se espalha entre o povo todo com um clamor difícil de conter. É óbvio que, a essa altura, toda a trama da eliminação física do esposo, programada faz tempo, não pode mais ser realizada. É preciso compor outro enredo, menos drástico e, especialmente, aceitável, para que tudo não seja transformado em farsa. No dia seguinte, César, agarrando a aldrava da porta, bate com força no mosteiro. De uma abertura realizada na madeira, surge o rosto de uma conversa, que pergunta: "Quem está procurando?".

E César: "Sou o cardeal Bórgia, irmão da senhora Lucrécia, abra por favor".

"Sinto muito, eminência, mas tenho ordem para que ninguém, mesmo que parente próximo, tenha acesso às celas dos hóspedes."

A jovem religiosa tenta fechar a abertura, mas a mão de Bórgia entra rapidamente, segurando seu véu, e a força a mostrar novamente o rosto pela portinhola. Em um instante, o portão se abre totalmente, o visitante segura a moça pelos cabelos e, levantando-a até a altura em que ela seja forçada a andar na ponta dos pés, ordena-lhe que o conduza ao aposento onde está hospedada a irmã. Atravessam o átrio e sobem uma escada íngreme, ao final da qual está uma porta de duas folhas.

"Abra!", ordena o cardeal com a devida prepotência.

Ouve-se correr um ferrolho, e atrás da porta que se abre aparece Lucrécia. Vendo o irmão, a moça empalidece na hora e não consegue proferir palavra. Com o calcanhar, César chuta a porta e volta a fechá-la violentamente. Então joga os braços ao redor dos ombros da irmã, abraça-a fortemente e começa a chorar, murmurando: "Eu te amo. Estava aterrorizado com a ideia de você praticar um ato tresloucado por minha causa".

"Aterrorizado, você? Por mim?! Por que talvez tenha entendido que realmente é você o diretor de toda essa encenação?"

"Não me julgue você também, meu Deus! Todos me chutam como se eu fosse um cão sarnento! Meu pai me insultou, chamando-me de degolador, sedento de sangue e mulherengo, por causa da minha aventura com a mulher de nosso irmão. E quando contei que não fui eu que tomei a iniciativa, mas ela, que, como uma possuída, tinha se jogado em cima de mim já despida de toda a roupa, ele me deu uma bofetada com tamanha violência que me derrubou no chão. Dizem que Jofré, nosso irmão, após sua mulherzinha ter lhe contado que eu a tinha possuído com força, deu ordens a dois de seus capangas para me encontrarem e matarem de imediato."

"Não me diga! O terrível mastim se torna presa da galinhola!"

O grotesco é o meio mais eficaz para alcançar a sabedoria

"Sabe onde me parece estar neste momento?"

"Diga, onde?"

"Alguns meses atrás, para festejar nossa união, que chegava ao quarto ano, eu e Giovanni, meu marido, que você chama de traidor, decidimos ir de Pésaro a Ferrara, onde sabíamos que estava acontecendo uma grande feira para homenagear o duque Hércules d'Este. Assim, naquela cidade, aconteceu, uma noite, de assistirmos a um espetáculo incrível pela fantasia e pela bizarrice de invenções cênicas. Antes de tudo, foi encantador descobrir que os atores não falavam latim ou dialetos incompreensíveis, como de costume, mas sim vulgar, o italiano falado pelas pessoas de Ferrara, uma linguagem limpa e elegante. O estranho é que, por outro lado, as atitudes e os movimentos dos personagens não eram humanos, mas totalmente animalescos; em especial, os atores agiam como se fossem cães. Abanavam a cauda (que era movida por fios acionados pelo próprio ator), farejavam um o rabo do outro, rosnavam para se cumprimentar, lambiam o nariz ou o pescoço; os machos levantavam a pata no gesto de urinar e, de vez em quando, se assistia às encenações de encontros amorosos com gemidos, roçaduras e, para concluir, uma verdadeira cópula canina, a fêmea curvada e o macho cobrindo-a por trás. E tudo tranquilamente, nas calçadas das estradas. Nada de mais, os animais não têm sentido de pudor.

Os personagens usavam máscaras alusivas a cães de diferentes raças. Tinha mastins, cães de caça e de desporto, e o coro era composto por cães vira-latas. Para sublinhar essas diferenças, os atores que chefiavam a matilha usavam, ao redor da garganta, coleiras de couro fino com tachas douradas, enquanto os vira-latas deviam se contentar com coleiras de corda e correntes enferrujadas."

César a interrompe: "Desculpa, mas por que está me contando esse espetáculo? Que alegoria é essa?".

"Mas, querido, remete a nós, somos nós os intérpretes principais. Tanto que o título daquela estranha comédia era *A cidade dos canídeos*, que, eu soube mais tarde, foi traduzida, como já acontece com tudo que se escreve aqui, para o inglês. Uma companhia tentou encená-la em Londres, com outro título e adequações necessárias, mas o rei Henrique VIII a proibiu e parece que mandou prender toda a companhia, inclusive o ponto.[12]"

"Eu sei, nossas cidades e seus príncipes estão se tornando famosos no mundo – comenta o irmão –, nem que seja pelas orgias, os escândalos e as obscenidades."

"E tem um particular que estava esquecendo", diz Lucrécia. "Na obra a que assistimos, quase no proscênio, atuavam algumas crianças que, no auge das pantomimas grotescas mais vulgares, se limitavam a olhar, transtornadas. Então faziam deslizar a grande tela que substituía a cortina, como para cancelar aquele mundo obsceno e cruel que os atores tinham mostrado até então. Ouvia-se, no mesmo instante, um canto, como os das histórias infantis, e as crianças começavam a dançar, a se abraçar e fazer gestos afetuosos e puríssimos nas suas ternuras. Foi ali que vi novamente nós três quando, pequenos, vivíamos todos na mesma casa e brincávamos de família."

"Sim! Lembro-me dessa brincadeira. Cada um de nós atuava em um papel: eu e Juan nos alternávamos na parte do pai, você era a mãe, o pequeno Jofré era nosso filho, e na brincadeira nos amávamos de verdade."

"Lembro que eu sempre repetia: 'Quando crescer quero casar com meu irmão e morar com ele'."

"Isso! E eu tinha ciúme de Juan, que era dois anos mais velho e pretendia ser sempre o favorito. Eu ficava sempre com o papel de tio bispo, amigo de família."

"Certo, mas tem de admitir que às vezes eu preferia você e te impunha como meu marido."

---

[12] Ponto: profissional responsável por fornecer, discretamente, as falas aos atores em cena, caso estes se esqueçam de algum trecho. (N.E.)

"E deitávamos na cama como se fossemos realmente casados. Nunca esqueci as tuas e minhas carícias, quando juntos."

"Mas eu muitas vezes me pergunto – comenta Lucrécia – por que precisávamos tanto assim fingir ser uma família?"

E César: "Porque, com certeza, percebíamos por instinto que a que estávamos vivendo como família não o era de verdade, era uma ficção, e inventávamos uma outra realidade, mesmo que, por sua vez, totalmente falsa".

"Com relação aos amores imaginados e outros indignos, ouvi dizer que em toda Roma se cochicha, falando de nós dois, que somos amantes incestuosos."

"Sim, eu também ouvi essa infâmia, e é por isso que é melhor, para não dar a oportunidade às más línguas de nos mancharem sempre mais, ficarmos longe um do outro."

"Entendi. Preciso mesmo ir embora?"

"Sim, seria muito melhor."

"É permitido eu te abraçar ainda, pelo menos?"

"Claro, e vá com Deus."

Em Roma, tudo que se joga fora depois de um tempo aparece boiando no rio

Dois dias depois, de manhã, os barqueiros veem boiar, na correnteza do Tibre, o corpo de um afogado vestido com roupa suntuosa, decorada com ouro luzente. Descobre-se que se trata nada menos que do filho primogênito do pontífice Alexandre VI, ou seja, Juan Bórgia. Seu corpo traz numerosas feridas de punhal. Quem pode ter matado e jogado na água, com tal desprezo, um personagem tão poderoso, com uma carreira pela frente que prometia sucessos triunfais?

Em toda Roma acontecem discussões que apontam para um ou outro rival. Fala-se, naturalmente, de famílias famosas, dos Orsini aos Colonna e assim por diante. Mas, ao final, a desconfiança é limitada ao redor da própria família do morto, e o nome pronunciado em todas as tabernas e até nos palácios mais conhecidos da Roma importante é o de César Bórgia, o irmão.

Entre todos os habitantes da cidade, o mais transtornado, no limite do desespero, é com certeza Alexandre VI, o pai. O povo todo se pergunta, porém, por que o monarca de Roma não ordena à sua polícia um inquérito aprofundado e impiedoso. Ao contrário: sem dar resposta a quem se dirige a ele, perguntando que ideia tem da motivação daquele delito e de quem pode tê-lo realizado, o pai da vítima não profere palavra. E a conclusão é digna de uma sentença de Pasquino;[13] de fato, muitos súditos do sacro reino estão repetindo: "O papa não fala porque sabe que o assassino é da família, sua família!".

Assim, papa Bórgia se transforma, automaticamente, no responsável principal pelo crime. Todo mundo já está convencido de que ele caiu sob o domínio de seu terrível filho predileto.

Que os medrosos não busquem a liberdade pedindo-a a quem detém o poder!

O terrível filho não se importa muito com a acusação. Ele tem um plano a cumprir, pelo qual se comprometeu com o pai: trata-se de induzir Giovanni Sforza, ainda marido de Lucrécia, a renunciar a ela se quiser manter o poder sobre a cidade de Pésaro.

Para realizar isso, precisa falar olhando de cara feia para o medroso consorte da irmã. Com esse fim, vai às Marcas acompanhado de uma escolta pequena.

E encontra Giovanni, que, empalidecendo visivelmente, é forçado a ouvir a proposta do jovem Bórgia: "Querido amigo, – lhe diz – as coisas estão assim, nós lhe oferecemos duas alternativas: a primeira é que você aceita assinar um documento no qual se declara impotente e, portanto, incapaz de ter tido relações carnais com qualquer mulher. A segunda é que você reconhece, perante um juiz, que decidiu espontaneamente não ter nenhuma relação sexual com Lucrécia".

---

[13] Pasquino é a mais famosa das "estátuas falantes" de Roma, transformada em figura característica da cidade entre os séculos XVI e XIX. Aos pés da estátua e, geralmente, no pescoço eram coladas as pasquinadas, folhetos com mensagens de conteúdo satírico, frequentemente em versos, dirigidos a personagens públicos importantes, inclusive ao papa. Vem daí a palavra "pasquim", que, segundo o dicionário *Caldas Aulete*, é um jornal crítico ou calunioso; um jornal de má qualidade ou um escrito satírico afixado em local público. (N.E.)

"Em suma – responde Giovanni em um ímpeto de dignidade e coragem –, o senhor me pede para contar uma mentira que poderia manchar também minha esposa! Como alguém pode acreditar que um homem, mesmo que fosse um tolo, como o senhor gostaria que eu me mostrasse, possa ficar indiferente, sem ter qualquer desejo carnal, diante de um esplendor de mulher como é sua irmã?"

"Tudo bem – tranquiliza-o o impiedoso César –, se não tiver coragem de admitir sua impotência, sinta-se livre! Eu respeito o valor da dignidade pretendida por qualquer pessoa. Só espero que a fortuna esteja do seu lado. Este, irmão, é um mundo cheio de insídias e perigos, podemos defrontar-nos com um touro fugido que, enlouquecido, atropela todo mundo, ou encontrar um fanático religioso que nos confunde com um herético e nos amarra a um poste para atear fogo em nós. Ou, finalmente, tragarmos um copo de esplêndido vinho preparado por outra pessoa e que, por acaso, contém um terrível veneno, e acabar com a nossa existência entre terríficos espasmos e gritos desumanos. Coisas que acontecem! Em todo caso, pense nisso, falaremos em breve. Ah, esqueci-me de dizer que se teu desejo for consultar a tua mulher, ou seja, minha irmã, saiba que desde ontem ela não está mais no convento de São Sisto, no qual se refugiou."

"Você a raptou? É isso?", pergunta, irado, o jovem.

"Não, foi embora por vontade própria, desapareceu, e por mais que a tenhamos procurado, não achamos nenhum sinal dela. Se a encontrar, por favor, nos avise, somos uma família, apesar de tudo!"

"Hehehe! Essa é boa!"

Deixemos César por um momento e vamos para o interior de Ferrara. Numa das margens do rio chamado Segundo Pó, encontramos um antigo convento abandonado no século XIV pelas monjas que temiam ser vítimas da peste daquele ano. Há alguns meses, um grupo de religiosas adquiriu as ruínas e o está restaurando.

Um jovem a cavalo para em frente ao portal de entrada e pergunta alguma coisa a um pedreiro. Este lhe mostra o caminho e o acompanha até o interior, onde se encontra um átrio. O homem desce do cavalo, e após um segundo uma mulher forte se aproxima dele, empurrando-o de volta para o caminho.

"Fora daqui! Quem está procurando?"

Imediatamente se ouve a voz de Lucrécia, que grita, de uma janela: "Deixe-o! É meu marido!". E em seguida: "Giovanni, vou descer!".

Um instante e Lucrécia reaparece no pátio: "Oh, Giovanni, que prazer te ver, até que enfim!".

E Giovanni: "Como teve a ideia de se esconder neste lugar? Se eu não estiver errado, é um velho monastério, e para seu pai será fácil encontrá-la aqui".

"Não. Era um monastério, agora é uma comunidade de Pizzocchere!"

"Pizzocchere? O que significa?"

"São freiras menores, que não precisam de permissões para criar uma ordem. Por isso, ninguém do clero oficial tem a possibilidade de nos achar."

"Que bom que Giacomino, nosso fiel servidor, me encontrou a tempo, me alcançou bem na hora em que eu estava indo embora... Não sei para onde, o mais longe possível."

"O que aconteceu?"

"Seu irmão César, mandado por seu pai e com o objetivo de tornar nulo nosso casamento, tentou me fazer assinar um documento no qual me declaro impotente!"

"Impotente? E você o assinou?"

"Ainda não, mas não sei como evitar isso."

"Mas é mesmo um descarado!"

"É! Ao mesmo tempo me deu a entender que, se não aceitar essa solução, poderia acontecer algum acidente e eu ser eliminado não se sabe por quem. Com relação a isso, preciso dar uma notícia que lhe causará dor..."

"Meu Deus, mais uma? De que se trata?"

"Seu irmão, Juan... Foi encontrado morto."

"Disso eu já sabia."

"Já sabia? E já sabe também que em Roma todo mundo está convencido de que o assassino é justamente ele, seu irmão César?"

"Sim, já sei disso também, sei inclusive que nosso pai, por sua vez, é considerado responsável, pois certamente sabia e pediu perdão pelos executores do delito."

"Sim, e desse modo se mostrou conivente."

"Infelizmente é assim. Sei também que logo depois ele teve uma crise terrível, e por três dias ninguém o viu, fechou-se em seus aposentos e o ouviram gritar desesperado e chorar sem parar dias e noites. E onde estava seu filho, o assassino? Perto dele, talvez? Não! Tinha corrido a Pésaro para te encontrar e ameaçar de morte também, se não se curvasse à sua vontade. É por isso que fugi do monastério de Roma, não quero ver mais ninguém da minha família, não quero continuar vivendo com essa maldição terrível que me puseram sobre a cabeça, ou seja, o nome Bórgia."

"E agora, para que você possa viver sem constrangimentos e violências, sou obrigado a te livrar de mim. E pensar que com você passei os mais lindos anos da minha existência."

"Não se preocupe comigo, se preocupe em salvar sua vida. Sabe de uma coisa? Há uma solução!"

"Que solução?"

"Seu tio, Ludovico, o Mouro, um Sforza como você, lhe deve alguns favores, foi especialmente por seu desejo que você aceitou se tornar meu marido, era do interesse dele também. É verdade ou não?"

"Sim, é verdade, mas não serve."

"Por quê? Vamos, tenha a coragem de tentar."

"Já fiz isso, minha doce Lucrécia, e não serviu para nada; ao contrário, fui embora mais mortificado do que antes."

"Mortificado? Por quê?"

"Pedi sua intervenção, sua proteção contra a brutalidade dos Bórgia, e ele, o Mouro, me propôs: 'Sabe que deve fazer? Demonstrar para todo mundo que você não apenas não é impotente, mas também que pode ser considerado um verdadeiro garanhão'.

'E como faço isso?'

'Você se apresenta perante um júri qualificado, só de homens, incluindo, naturalmente, o delegado papal, alguns representantes das corporações principais, e também algumas mulheres, especialmente umas prostitutas, para que possam verificar pessoalmente sua competência; e, nu, enfrenta a grande prova: já! Aí, entra em campo uma mulher, com seios e glúteos suntuosos, ela também já desnuda e desejosa, que te convida para a peleja. E você, como um bode de respeito, logo mostra seus atributos em esplêndida ereção e a possui, uma, duas, três vezes... Bom, melhor duas, já é o bastante...'"

Lucrécia olha para ele consternada e exclama: "Incrível... Falou isso mesmo? Com essa linguagem? É mesmo verdade que as tragédias mais dilacerantes sempre correm o risco de se transformar em farsas obscenas. A propósito, esqueci de perguntar se já comeu".

"Não se preocupe, vou parar em qualquer lugar no caminho."

"Nem pensar! Já está ficando escuro, e seria insensato sair pela estrada à noite. Me dê ouvidos, fica aqui esta noite, partirá ao amanhecer."

"Esta noite? E tem um quarto para mim?"

"Sim, o meu."

"Tem certeza disso?"

"Escuta, não sei o que acontecerá em seguida, pode ser que esta seja a última vez que nos vemos, quero lhe dar e ganhar uma bela recordação da nossa história."

De manhã, Giovanni sai a cavalo na direção de Milão, onde se apresenta para assinar sua declaração de impotência na frente de Ludovico, o Mouro, do cardeal Ascânio Sforza e de César Bórgia: "Eu me curvo à sua imposição, mas o senhor – intima o irmão de Lucrécia – deve, ao mesmo tempo, me assegurar que finalmente deixará sua irmã em paz; ou seja, no sentido de garantir a ela o direito de viver a própria vida como quiser".

Ao mesmo tempo, Lucrécia, que chegara a Roma para a ocasião, assina, na frente do papa em pessoa e de dois escrivães, um documento no qual reconhece que o casamento com Giovanni Sforza nunca foi consumado. O pai se despede abraçando-a: "Fique tranquila, dei ordem para não te perseguirem mais, quero que você seja completamente livre e, possivelmente, feliz. Escuta, peço que fique algumas horas mais, preciso que assista a uma reunião que terei daqui a pouco com todos os bispos e cardeais".

"Por quê?"

"É uma surpresa, minha querida. Tenho certeza de que ficará maravilhada pelo que direi, quase tanto quanto toda a cúria."

"Mas como posso me sentar com o clero, sou uma mulher!"

"Entra naquele quarto, estão lá as roupas usadas pelas freiras que me auxiliam, vai achar uma do seu tamanho. Quando vir você na sala, darei início ao meu discurso."

A santa reviravolta

Pouco tempo depois, no salão das tapeçarias, tem início o consistório, ou assembleia. Alexandre se levanta do trono e começa falando de modo vagaroso, quase com dificuldade: "Permitam-me comunicar aos senhores meu estado de espírito diante do assassinado de meu filho mais velho. Dor maior não poderia se abater sobre mim. Sentia por ele um amor exagerado, como todo pai deve sentir por um filho doce e transparente como era Juan. Diante do golpe que sofri, não consigo mais apreciar de forma absoluta nem o papado, nem qualquer outro compromisso importante".

Um leve murmúrio se levanta na sala; o pontífice se olha ao redor, como para decifrar a razão, e continua: "Se meu cargo me permitisse a gestão de sete papados, daria todos eles para ter de volta a vida desse filho meu. Certamente, foi uma punição que atropelou toda a minha vida, não porque ele a merecesse, mas seguramente por alguns de meus pecados, o primeiro deles ter pensado principalmente nas vantagens que eu poderia obter desse ofício, esquecendo que fui eleito não para deixar as coisas como as encontrei, mas para modificá-las em sua totalidade. Bom, se esse duro sinal não for ouvido, pode acontecer que mais uma vez eu e toda a Igreja sejamos avisados e, então, severamente punidos. Até agora, perdurou o costume de alienar bens eclesiásticos, ou seja, vendê-los, fazer comércio com eles e obter o máximo proveito que, vejam bem, nunca foi claramente para a caridade evangélica, mas sim despejado nos canais do poder que todos os senhores conhecem.

"A partir desse instante, a perpetuação dessa indignidade está completamente excluída. E já que estamos no assunto, falemos claramente dos bancos. Reli com atenção os textos sacros do Evangelho e... Sabem de uma coisa? Nunca encontrei uma menção, nem mesmo mínima, ao fato de que, para que a Igreja ganhe corpo e valor entre os desesperados, seja necessário fundar um palácio no qual, por meio de empréstimos e movimentações comerciais que envolvem negócios e comércio, sejam recolhidos bens para uma emancipação arrebatadora da humanidade. Nunca encontrei uma menção a isso!

"Ao contrário, relendo o Evangelho, me deparei com um profeta que bate com uma vara nas cabeças dos mercantes que fechavam negócios dentro do templo, graças aos sacerdotes que permitiam que agiotas e aproveitadores instalassem um banco.

"Para ser mais claro, há uma regra que deverão aceitar, ou seja, que de agora em diante nenhum cardeal poderá possuir mais do que um episcopado e não poderá alcançar, com seus benefícios, uma renda anual superior a seis mil ducados.[14] A simonia, que eu mesmo tenho praticado, será a partir de hoje punida com anátema, que quer dizer excomunhão. Sim, vou reiterar, quero ser o primeiro a impedir que possam retratar-me como um desvairado que, no mesmo momento em que aponta o dedo acusando de ignomínias os próprios irmãos, com a outra mão embolsa dinheiro e vantagens, prebendas e cargos para si e para seus filhos e parentes. A única maneira de salvar esta Igreja e se renovar e poder se apresentar a cada crente transformado em outro homem é pisar fundo no pedal do torno para moldar novas consciências e uma caridade renovada.

"E então, pergunto aos senhores: como podemos nós, que dizemos ser intermediários de Deus, encarregados de preparar a justiça entre os submissos, desfrutar de um salário que chega a ser até cem vezes maior que o salário de nossos servos, a começar pelos párocos? Os senhores se lembram do episódio no qual o filho do rico crápula pergunta a Jesus: 'Mestre, o que devo fazer para ser digno de caminhar com você em direção ao Reino do Senhor?', e se lembram do que responde o Mestre? Então, imaginem que hoje o mesmo jovem apresente ao Messias a mesma questão: o que responderia o Filho de Deus? Limitar-se-ia a dizer: 'Precisa se despir de suas riquezas'? Não. Ele acrescentaria: 'Livre-se de todos os privilégios dos quais goza sua condição, as mamatas, os legados, as licitações, os lucros da corrupção, sem falar das roubalheiras que cada pessoa de sua congregação organiza sem medo de ser incriminada e punida'. E aqui precisamos ter a coragem de denunciar antes de tudo a cúria, que está completamente tomada pela corrupção e pela extorsão. Os laicos de todas as províncias estão pagando tributos ilegítimos e são oprimidos pelos administradores eclesiásticos, e, se tentam rebelar-se, tornam-se inexoravelmente vítimas de mais um roubo.

---

[14] Johnson, *Casa Borgia*, p. 108 e ss.

"E, finalizando (sei que com este pedido corro o risco de jogar uma pedra enorme em um pântano repleto de rãs), peço que seja totalmente interrompida a coleção de concubinas de bispos, cardeais e padres, começando pelo papa".

Todos os participantes do consistório, transtornados, pensando que o discurso tinha terminado, se levantam; e cada um, preocupado, comenta com o vizinho as propostas do santo padre.

"Parados aí, não acabei", silencia-os Alexandre VI. Todos param e se deixam cair novamente em suas poltronas. "Queria adverti-los de que há três dias me encontro durante horas com dez cardeais da comissão reformadora; juntos, estamos elaborando um programa de trabalhos. Não pensem que seja nossa intenção cutucar só um pouco as consciências, apenas para variar o ritmo monótono das engrenagens do poder. Nós vamos impor essa transformação para que toda a podridão que grudou em nossos calçados seja retirada, nem que seja para depois sermos forçados a caminhar de pés descalços."

Enquanto o salão se esvazia dos participantes, o papa fica sozinho, arrumando os papéis de seu discurso. De repente, é agarrado por dois braços que o fazem derrubar os papéis, e um rosto gruda no seu, enchendo-o de beijos. Naturalmente, quem o está presenteando com tanto afeto é sua filha Lucrécia.

"É maravilhoso, pai – exclama ela entre lágrimas e gritos de alegria –, o que você disse e a coragem que colocou em suas palavras. Ainda estou me perguntando se essa sua perturbação produziu realmente a metamorfose que nos deu de presente! Por tudo o que estava representando, até uma hora atrás, eu estava odiando você, meu pai, e agora sinto um afeto que nunca senti antes. Peço-lhe, continue destemido naquilo que decidiu cumprir, sem trair a confiança de milhares de pessoas que, assim como eu, aguardam pelo milagre de uma Igreja verdadeiramente santa."

Lucrécia envia logo uma mensagem para as Pizzocchere que a hospedaram perto de Ferrara, dizendo, mais ou menos: "Deus é verdadeiramente grande e imprevisível. Transformou meu pai de um tirano em um cristão cheio de humanidade. Enquanto permaneço em Roma, quero viver de perto esse extraordinário evento".

Um delegado florentino na Urbe comenta, incrédulo: "A comissão reformadora se senta todas as manhãs no palácio pontifício.[15] Cada um deles trabalha com tamanha participação e animação que, observando aqueles bispos e cardeais atarefados, nos perguntamos a cada instante se estamos realmente no Vaticano ou dentro de uma balada onde se encena o absurdo mais descarado".

Quem se decidiu pela redenção do pecado se prepare para subir no púlpito do suplício

Alguns dias depois, eis que aparece o filho do pontífice, César, que logo lhe pede permissão para falar com ele sem a presença de seus bispos. Apartam-se dentro de uma grande sala onde alguns obreiros estão restaurando as paredes. César faz sinal aos trabalhadores para deixarem livre o aposento e então se prepara para agredir o pai, que, tranquilamente, sentou-se sobre um banco.

"Pai, encenou uma comédia realmente devastadora, parabéns!"

"Sabia que ficaria mal com essa minha decisão, filho", antecipa o papa. "Sinto muito, mas com você nunca aconteceu de entrar em crise por alguma coisa? Pela vida que está levando, por exemplo, se sente sempre tranquilo?"

"Pai, eu evitaria falar sobre mim e daria ouvido, como se diz, a tudo o que dizem sobre você todos aqueles que, nesse momento, fingem te apoiar e que, como você, parecem caídos do cavalo, fulminados na via de Damasco,[16] arrependidos e prontos para transformar o mundo."

"Eu sei – interrompe o pontífice – que muitos deles estão de brincadeira, apenas aguardando que eu tropece para me tirar do caminho; mas, fora daqui, há milhares de homens e mulheres que acreditam

---

[15] Johnson, *Casa Borgia*, p. 109.

[16] Via de Damasco: expressão normalmente usada quando algum evento causa uma grande mudança em nossas vidas. Referência à conversão de São Paulo, que, a caminho de Damasco para perseguir os cristãos, foi atingido por uma luz ofuscante e ouviu a voz de Jesus. Com essa experiência, converteu-se ao cristianismo. (N.E.)

naquilo que eu me propus a cumprir. Foi para eles que fiquei louco, como todos vocês dizem."

"É estranho mesmo, você enviou cartas de desprezo ao Savonarola, lembra? Chegou a ameaçar intervir com a força contra ele e a massa de Piagnoni[17] que o apoia."

"Certo, mas sempre o respeitei, e ainda hoje insisto em acreditar que seja um fanático, mas com grande valor humano."

"Eu sei, tanto que chegou a convidá-lo para vir aqui e, com você, aprontar alguma coisa de muito diferente para a Igreja normal. Não só isso, eu li algumas propostas suas no consistório, você se apropriou das palavras dele para melhor apresentar seu projeto, até decorei: 'Nós não decidimos senão coisas verdadeiras, mas são os pecados de vocês que profetizam contra vocês. Nós queremos levar os homens a uma vida honesta. E vocês, ao contrário, querem continuar a conduzi-los para a luxúria, a pompa e a soberba, pois vocês estragaram o mundo e corromperam os homens, arrastando-os para a trapaça e a mentira'."

"É, verdade, usei as palavras dele porque tenho a convicção de que são autênticas e eficazes e podem tocar profundamente as consciências."

"Parabéns, meu pai, mas sabe aonde esse incitamento dos simples levará?"

"Sei, a derrubar meu trono, se não me agarrar a ele com força."

"Não, vai te levar ao martírio. E você deseja isso mesmo? Quer o patíbulo com as cordas da forca já prontas e o fogo ardente no qual jogaram pólvora para que o rogo seja mais espetacular? Eu gostaria que daqui a um ano, em vez de estar aqui em Roma, nos encontrássemos em Florença e pudéssemos nos debruçar do Palácio da Senhoria para assistir à conclusão da grande jornada de teu santo homem, Savonarola. Você já deve saber que a senhoria de Florença retirou sua proteção e que está previsto que aquele processo se conclua com sentença de morte para ele."

"Sei, e sei também que, há alguns meses, você fez o possível para eliminar o frade e todos os seus seguidores."

"Do que está falando, pai? O que eu teria feito?"

---

[17] Piagnoni: grupo de cristãos seguidores de Girolamo Savonarola. Seu nome, que significa "chorões", foi dado porque eles choravam por seus pecados e pelos pecados do mundo. (N.E.)

"Ah, nada, você apenas organizou uma mentira com a qual induziu o bispo de Perúgia a recitar uma ordem que eu teria emitido de Roma sobre o Savonarola. Uma ordem de excomunhão, naturalmente. Falsificada, foi, entretanto, considerada autêntica até pela senhoria dos Médici, em um primeiro momento. Depois, afortunadamente, todo mundo descobriu que se tratava de um documento falso, querido César; você sabe do que estou falando."

"E esse documento falso teria sido ordenado por mim?"

"Sim, querido, e à minha revelia. Reconheço sempre as tuas falsidades, mesmo de longe."

"Entendi, não adiantou, eu sabia. Vim aqui apenas para te colocar a par da situação. Tenha a certeza de que, quando se der conta e tentar fugir do linchamento, eu estarei pronto para te ajudar. Beijo, pai, *adiós*."

Festas privadas em ambientes eclesiásticos, sabe-se, foram recentemente proibidas pela nova reforma de Alexandre VI. Mas as festas que não comportam programas sigilosos, ou seja, onde tudo acontece castamente e à luz do dia, inclusive as danças e os cantos, são admitidas e bem-vistas por todos. Especialmente se, como no caso que vamos apresentar, forem proclamadas por ordens como a dos Humilhados, que, finalmente, o santo padre em pessoa livrou da ameaça de ser definitivamente suprimida. A festa é organizada justamente para celebrar jocosamente esse perigo debelado.

Um evento de amor realmente imprevisível

Nessa ocasião, vamos encontrar Lucrécia, convidada de classe que, além do mais, foi eleita anfitriã pelo mestre da congregação. Portanto, tem a tarefa de receber os convidados e deixá-los à vontade, apresentando uns aos outros. Com ela, para dar uma mão, Júlia Farnese, que Lucrécia tenta envolver na festa, já que a moça está desesperada e por vezes começa a chorar, queixando-se de que o pontífice, há algumas semanas, a abandonou completamente.

Um grupo de músicos recebe cada convidado. A atmosfera é quase a dos *mariazzi*, conhecidas comédias camponesas nas quais normalmente se organizam duetos: danças de namoro entre moças e rapazes.

Todo mundo trata de demonstrar jocosidade e alegria. De repente, entra um grupo de jovens napolitanos que imediatamente provocam nos presentes uma onda de euforia, pela carga de simpatia que conseguem transmitir. Entre eles está um rapaz muito jovem, uns dezoito anos, que se apresenta a Lucrécia com uma reverência exagerada, mas pela qual ganha uma sonora risada. Ao se erguer, perde o equilíbrio e cai no chão. Lucrécia o ajuda a se levantar e imediatamente se encontra nos braços do rapaz. Ficam um longo tempo de olhos nos olhos, como encantados.

Com certeza, trata-se do clássico amor à primeira vista. De fato, durante toda a noite os dois nunca se separam. Contam sobre si mesmos, em um diálogo que poderia ser utilizado em *Romeu e Julieta*.

"Quem é você?", pergunta o jovem.

"Sou uma dama de companhia."

"De quem?"

"Da senhora Lucrécia! Conhece?"

"Não, mas ouvi muito falar sobre ela…"

"Bem ou mal?"

"Eu diria esplendidamente bem. Em Nápoles, onde moro, a filha do papa se tornou quase uma lenda para os namorados."

"Com certeza ela gostaria de ouvir você fazendo essas apreciações. Infelizmente não está aqui, quem sabe onde se meteu. E você, quem é?"

"Um simples palafreneiro do duque de Nápoles. Que também não está aqui."

"Olha só, estão distribuindo máscaras de papel *machê*. Quer uma?"

"Não sei… Se você gostar de ver minha cara desaparecer…"

"Nada disso, é que daqui a pouco todo mundo estará de máscara, e nós não podemos deixar de participar da brincadeira."

Enquanto põem as máscaras, Lucrécia pergunta: "Qual é mesmo o seu nome?".

"Preferiria não dizer, pois, se me reconhecem, posso ser expulso imediatamente daqui."

"Por quê?"

"Minha família não agrada aos Colonna, que de fato são os donos da casa."

"Está bem, vou te dar um nome: Afonso! É um nome pomposo, gosta?"

"Gosto, nada mal. E você, como se chama?"

"Não, inventa também um nome para mim."

"Certo, vou te chamar de Emiliana."

"Lindo! Gostei!"

"Por que quis que inventasse um nome para você também?"

"Porque também sou clandestina, aqui."

"Clandestina, você falou? Mas em que sentido?"

"Sou uma religiosa e fugi do convento bem no dia em que deveria tomar os votos."

"E eu deveria acreditar?"

"Se preferir, conto que sou uma moça de prazeres e que estou aqui para ganhar a vida."

Chegamos então ao momento no qual Lucrécia e Afonso estão totalmente a sós em um apartamento de um palácio aristocrático.

"O que aconteceu?", perguntou o rapaz. "Um segundo atrás estávamos aqui com Júlia, a chorona. Com ela estava alguém que você chamava de ama e, depois, meu compadre Ludovico. Vou um segundo à janela para tomar um pouco de ar, volto e não há mais ninguém. Te procuro e encontro todos os aposentos vazios e finalmente te acho aqui, sozinha. Onde foram parar os outros?"

"Foram embora."

"Por quê?"

"É porque, disseram, aconteceu um acidente com o filho de Adriana, a ama, o qual, aliás, é o marido de Júlia Farnese."

"Oh! Sinto muito. O que aconteceu?"

"Não se preocupe, nada de grave."

"E levaram com elas meu compadre também… Por quê?"

"Acho que não é verdadeira a história do acidente, foi inventada para que eu e você pudéssemos ficar sozinhos, é um belo presente, concorda? Ou não gostou?"

"Não, não, ao contrário! E de quem é esta casa?"

"É minha, moro aqui com a ama…"

"Sua? Ah, então é isso! Desculpe, estou preocupado com meu compadre… Acha que vão voltar? Quando?"

"Não se preocupe com eles, antes disso, fique à vontade!", e aponta para um sofá.

Ele se senta, olha ao redor, depois acrescenta: "Desculpe se me comporto como um idiota atordoado, mas é que… Você produz em mim um grande desconforto…".

"Desconforto? E por quê?"

"Não sei, na hora em que te vi, disse a mim mesmo: 'Essa não é uma moça qualquer, é uma rainha'."

"Oh, obrigada! Realmente amável!" Ela segura a mão dele e pergunta: "Perdoe-me, você tem vinte anos mesmo?".

"Bom, vou confessar que te contei uma mentira… Na verdade, tenho dezessete, ainda não completos…"

"Tudo bem, fique tranquilo, eu só tenho um a mais."

"Um a mais que dezessete ou vinte?"

"Que dezessete."

"Ah, menos mal…"

"Em Nápoles, você tem namorada?"

"Sim, mas nunca a vejo, até porque ela não sabe."

"No sentido de que ainda não… Como dizer… Se declarou?"

"Isso… Sabe, gosto de me gabar, mas… Para você posso contar, nunca estive com uma mulher…"

"É mesmo?"

"Não, na verdade, não. Eu… Meus amigos, algum tempo atrás, fizeram uma brincadeira comigo, disseram-me que estávamos indo à casa de amigas deles e, em vez disso, percebi que aquele era um prostíbulo. A moça com quem me deixaram tirou a roupa na minha frente e me disse: 'O que está esperando? Tira tudo o que está vestindo e vamos nos divertir!'. E quando a vi nua, fugi."

"Por que, era tão pouco agradável?"

"Não, não acho… Nem a olhei direito, fiquei incomodado com o fato de ter que falar com uma mulher nua sem conhecê-la."

"Então, já que me conhece, mesmo se eu ficar nua depois você fala comigo?"

"Meu Deus… Está brincando?"

"De jeito nenhum! Vamos, comece a tirar a roupa!"

"Mas como?! Assim? De repente?!"

"Sim, tem razão, talvez seja melhor nos conhecermos um pouco mais antes."

"Desculpe, mas então já esteve com homens! Quantos?"

"Bom, não saberia te dizer agora... Estou brincando, naturalmente! Quer saber a verdade? Eu sou casada!"

"O quê? 'Casada' no sentido de que tem marido?"

"Não, não tenho mais. Me impuseram que casasse com ele, por questões... que não vou contar aqui. Mas depois os meus decidiram tirá-lo do caminho e conseguiram desfazer o casamento, então fiquei solteira de novo, e sozinha."

"E... Quanto tempo ficaram juntos, casados?"

"Por favor, pare com esse interrogatório. Já faz tempo, desde quando te levantei do chão e nos abraçamos, e depois te olhei, que quero te confiar uma coisa... Sabe o quê? Que é o jovem mais lindo que já vi na minha vida. Você disse que pareço uma rainha, mas você é mais belo que um rei. Casaria com você agora. Só para fazer amor."

"Minha mãe! É mesmo?" O rapaz respira fundo e diz: "Eu também".

De manhã, despertam um nos braços do outro. Separam-se um pouco e ficam em silêncio, observando-se por muito tempo, depois ela se põe em pé sobre o grande leito e exclama: "Deus! Olhando aqui de cima, e totalmente nu, você é ainda mais belo! Mas de que estirpe é, napolitano?".

"Não posso falar, não sei se vai gostar, e depois fico com medo que meu pai e os seus irmãos não me concedam casar com você."

"Deixe isso pra lá, me fale de sua estirpe."

"Aragão."

"Aragão! Santo Deus! É o mesmo que dizer os reis de Nápoles."

"Sim, mas sou um Aragão ilegítimo."

"Se é por isso, eu também sou filha ilegítima."

"De quem?"

"Dos Bórgia."

"Bórgia? Virgem Maria!"

Para seguir as vias do céu, basta saber ler o movimento dos astros

O papa está em seu escritório, de costas para a janela, e diz, em voz alta: "Entre por favor, Gertrude! Sente-se".

A jovem freira faz uma reverência: "Mandou me chamar, santidade?".

"Sim. Tenho um encargo muito sério para você."

"Espero estar à altura. Diga, santo padre."

"Daqui a pouco, acredito que ainda hoje, vão chegar dois personagens muito importantes para mim. Um deles é polonês, mas fala corretamente nossa língua; o outro é de Ferrara e é o mestre do polonês, que, no entanto, se tornou mais famoso do que seu mestre."

"Acontece, às vezes."

"É. O polonês se chama Copérnico e é um cientista que estuda os astros; o outro se chama Novara e é, além de astrônomo, matemático, lê e fala o grego antigo."

"Que bom, será uma emoção para mim poder encontrar personagens desse calibre."

"Confesso que para mim também. Mas vamos à sua tarefa: você deve evitar que os curiosos habituais, e ao nosso redor há demasiado deles, coloquem o nariz aqui dentro pelo tempo todo em que os dois sábios estiverem comigo."

"Será feito, santo padre, vou agora mesmo à entrada do palácio para avisar da chegada de ambos. Pode repetir seus nomes, santidade?" E retira do hábito um bloco e um lápis.

"Não! Nada de escrever!", interrompe Alexandre VI. "Lembre tudo de cor, não quero ver anotações por aí, de nenhum tipo. Se você escrever uma palavra e o papel for parar nas mãos deles, e sabe de quem estou falando, vão logo fazer uma investigação, com o respectivo julgamento."

"Tem razão, santidade. Com licença", e sai.

O pontífice volta à sua mesa, mas a freira volta quase imediatamente: "Perdoe, santo padre".

"Que aconteceu, Gertrude, esqueceu alguma coisa?"

"Não, santidade, é que os dois sábios já chegaram, estão subindo as escadas."

"Caramba, que rapidez! Está bem, vá ao encontro deles, receba-os com a reverência que merecem e conduza-os até aqui."

Não se passa nem um segundo e os dois cientistas adentram o escritório do pontífice, que se levanta e vai até eles: "Bem-vindos, meus amigos. Chegaram mais cedo do que eu esperava".

"Bom, considerada a urgência com que nos comunicou – diz o mais velho –, nos apressamos."

"Imagino que você – diz o pontífice, apontando para o que falou – seja o mestre Novara e que ele, o rapaz, seja seu aluno, Copérnico. Adivinhei?"

"Sim, somos nós."

"Fiquem à vontade."

A freira empurra duas cadeiras para eles, depois se posta no fundo, perto da porta, em pé. Sentando-se, o mestre Novara diz: "Perdoe, santidade, antes de dar início ao nosso diálogo, gostaríamos de saber por que o senhor escolheu justo a gente, dois astrônomos, para aconselhá-lo sobre como resolver uma questão que envolve até mesmo o futuro da cristandade".

"Respondo, por minha vez, com uma pergunta. Como intuíram que se trata de um problema determinante para mim e para a vida da Igreja?"

"É simples", respondeu o polonês. "O senhor está esquecendo que esse seu projeto já está sendo discutido em toda a Itália e em cada Estado da Europa." E Novara acrescenta: "O que não conseguimos discernir é por que o senhor quer usar dois cientistas que, por ofício, têm a cabeça no universo mais que nos problemas da Terra".

"Primeiramente porque vocês mesmo o admitiram, o ofício de vocês é ler as estrelas, portanto, estão mais perto de Deus. Vejam, há um antigo ditado na Catalunha, de onde venho: 'Se quiser saber alguma coisa sobre como agir em um momento difícil, pode escolher perguntar a um bruxo que consulta as vísceras de uma galinha ou então a uma feiticeira que ouve o palpitar das têmporas enquanto examina teus olhos, mas o melhor de tudo, acredite, é perguntar a quem lê as estrelas'. Além do mais, um de vocês, com certeza mestre Novara, para viver, além de astrônomo, é também astrólogo, ou seja, prevê o futuro das pessoas dialogando com os astros."

Quase em coro os dois estudiosos respondem: "Tudo bem, perdoe nossa curiosidade".

O papa continua: "Mas vamos a nós. Uma vez que já estão sabendo da decisão que anunciei no último consistório com relação à transformação, pode-se dizer total, de todo o aparato eclesial, estou curioso para conhecer o que pensam disso".

"Para sermos sinceros – responde Novara –, conseguimos, com muitas dificuldades, uma cópia daquele seu programa e, lendo-o, ficamos impressionados e perplexos."

"Suplico que falem sem reticências e de modo explícito, temos pouco tempo e, infelizmente, montando a estrutura, desde o primeiro momento tivemos que relatar muitos estalidos e até alguns desabamentos parciais bastante significativos e de péssimo augúrio."

"Bom, santidade, isso é totalmente normal quando se quer colocar em ação uma imponente transformação como a que o senhor está tentando."

E aqui, por sua vez, o jovem polonês toma a palavra: "Permita-me, santo padre, achei o projeto, para dizer o mínimo, desequilibrado".

"O que quer dizer?"

"Na física se usa esse termo para indicar alguma coisa que impõe um paradoxo do equilíbrio, um movimento de transformação total, ou seja, que fuja definitivamente dos cânones da normalidade."

"Lindo! Gostei dessa definição. Mas, com relação ao projeto, considera-o possível ou utópico?"

E Novara, com um sorriso estranho, responde com temeridade: "Santo padre, infelizmente, deve ter paciência e aguardar que o sol desça e chegue a noite, já que é difícil ler as estrelas com a luz do dia".

O papa não pode conter uma risada divertida: "Hahaha! Essa é boa, no primeiro momento não tinha entendido".

"Que bom!", exclama o jovem polonês.

"Temos a sorte de ter um pontífice com senso de humor. Podemos continuar tranquilos, ele não vai nos denunciar ao tribunal da inquisição."

O pontífice demonstra aceitar a ironia, e continuam.

"Com licença, santidade – recomeça Copérnico –, o senhor há pouco falou sobre estalidos e visível oposição por parte dos seus colaboradores e conselheiros, que, evidentemente, são contrários ou pelo menos duvidam da possibilidade de realizar uma operação como essa, é assim?"

"Sim, exato."

"Então – intervém rapidamente o mestre Novara –, acontece que o senhor logo se dá conta de que não possui plenamente a força dialética para contestar aquelas observações negativas e aquelas resistências."

"Sim, é mais ou menos isso."

"E então se dirige a nós para que o ajudemos a encontrar palavras fortes de convencimento."

"Muito bom, isso mesmo."

"Mas, para isso – conclui Copérnico –, é preciso que o senhor nos informe quais são as oposições explícitas que tem dificuldade para desmontar…"

"Eu – diz o pontífice, escandindo as palavras – coloquei, como tema fundamental do nosso programa, primeiramente uma boa limpeza nos proventos e acima de tudo nos privilégios de que gozam bispos, cardeais e todos aqueles que gerenciam bens eclesiásticos. Em segundo lugar, ordenei que ninguém ousasse continuar se aproveitando das fontes de certos enriquecimentos da Igreja, como a caridade."

"Paremos para analisar esses dois pontos, se for de seu agrado, santidade", interrompe o cientista. "Perdoe-me a trivialidade, mas o que responderam seus opositores com relação ao nivelamento dos salários?"

"Declararam-se decididamente contrários. Primeiramente, lembraram-me que o compromisso deles é recolher os dízimos e as doações, mas não só; é também gerenciar as propriedades, que são apanágios da própria cúria: 'Somos servidores de Deus, não podemos explorar os servos de nossa vinha!'." Mas não parou aí: outro cardeal, pessoa moderada e reflexiva, acrescentou: "Eu com prazer vestiria trapos gastos e rasgados, comeria em copos de madeira refeições simples e mal temperadas, mas, assim, como posso encontrar e convidar à minha mesa autoridades do mundo secular? Sem falar dos príncipes estrangeiros?".

"Fique à vontade, majestade, gostaria de um pouco de feijão com raízes do campo e um ovo de codorna? Espero que ainda esteja fresco!"

"Bom, era de se esperar", exclama o jovem polonês. "Faz séculos que os bispos adquiriram esse costume de privilégios. Estava lendo outro dia uma crônica sobre o concílio de Niceia do ano 325, que me fez entender onde aconteceu, e por quê, a grande transformação da Igreja de uma coletividade pobre e perseguida à sacra Igreja romana a serviço do império."

"Que estranho!", rindo, deixa escapar Alexandre VI. "Acho que é a mesma coletânea de testemunhos que eu também li, o mais tardar, um mês atrás, e confesso que foi determinante para eu redigir esse projeto de reforma. Um dos trechos que mais me impressionaram foi a relação feita por um dos participantes, um bispo de Roma, de mártires cristãos dos três séculos antecedentes. Um verdadeiro estrago, dizia, pobres cristos dilacerados nas arenas, profetas pregados para cima e para baixo nas cruzes, mulheres violadas, crianças jogadas dos penhascos. Eis que nesse momento se levanta uma voz: "Basta, não podemos continuar assim; refutando a proteção dos poderosos em todas as ocasiões, nos tornaremos, sem dúvida, o movimento religioso mais respeitado no mundo, mas depois de algum tempo faremos totalmente parte dos puríssimos da comunidade dos defuntos".

"Perfeito!", aplaude Novara. "Vejo, santidade, que aprendeu quase de cor aquele trecho. Com certeza se lembrará também do édito de Constantino, tanto do verdadeiro quanto do falsificado."

"Não, a outra parte não li com a necessária atenção."

"Bem – comenta Copérnico –, vou lembrá-lo. Diz Constantino: 'Os bispos que votam pela transformação em uma Igreja protegida conseguem obter privilégios extraordinários. Antes de tudo, elevam-se a níveis de respeito e consideração até então inimagináveis por parte do poder constituído. Obtêm pela primeira vez, no fechamento do concílio de Niceia, subsídios do império, além do direito de recolher dinheiro, também na forma de taxação, terras férteis atravessadas por rios, templos dos deuses pagãos transformados em lugares de culto católico e finalmente, ouçam bem, o direito de usar servos e, em certos casos, até escravos'."

"Bem, a essa altura podemos afirmar que o cristianismo se afastou bastante dos apóstolos e de Cristo, mas Cristo também, receio, se afastou de nós."

"Meu Deus!", exclama Copérnico. "Mas temos a certeza, digo com todo o respeito, de que quem está falando assim é mesmo o pontífice, padre da Igreja cristã?"

"Vou confessar – admite Novara quase sussurrando – que depois de experiências que tive, em anos passados, discutindo com príncipes da Igreja, me afastei profundamente da fé; mas neste momento asseguro a vocês que, se visse renascer uma comunidade de cristãos como me parece que o senhor tem em mente edificar, eu estaria entre seus mais ardorosos apoiadores."

A essa altura, o santo padre se levanta e, com o objetivo de organizar as ideias, começa a caminhar pelo escritório.

Em dado momento se interrompe e, olhando para cima, diz: "Sabem o que acho? É impossível construir um novo edifício tentando restaurar um palácio cujas fundações não sustentam mais a instalação. O aspecto ainda é imponente, mas é impensável transformá-lo em algo novo".

"E o que quer dizer com isso?", exclama Copérnico. "Que a única maneira razoável seria derrubar completamente o palácio e recomeçar do zero?"

"Exato. Diz-se que 'O império romano desabou', mas o que foi recolocado em pé é muito pior que o anterior. E por quê? Porque foi reconstruído a partir das mesmas raízes. Então, quando se diz 'do zero' precisa-se entender 'do zero absoluto'."

"É isso, mas para obter resultados em uma operação como essa, há ainda uma coisa que precisa mudar primeiro", sentencia Novara.

"O quê?", pergunta o pontífice.

"Os homens. Se os reconstrutores exprimirem os mesmos pensamentos, costumes, regras e comportamentos dos que foram afastados, ou se são aqueles mesmos maquiados de inovadores, volta-se sempre a refazer o velho."

"E então?"

"E então, se não formos capazes de derrubar para renovar, a única coisa a fazer é ficar onde estamos. Qualquer outra solução pode parecer extraordinária, mas não serve de nada."

Nápoles é bela de dia com o sol mais quente, à noite com e sem lua, mas a melhor de todas as coisas é que Nápoles é esplêndida se se está apaixonado

São palavras de uma música que o jovem Afonso de Aragão dedicou a Lucrécia no dia em que sua esplêndida noiva veio visitá-lo. O rapaz tinha conseguido convencer o pai, o rei Afonso II de Nápoles, a permitir essa relação, tendo sido ajudado no empreendimento por César Bórgia. O filho do papa tinha logo se disponibilizado a fazer todo o possível quando Lucrécia lhe confiara que estava loucamente apaixonada pelo rapaz. Tinha se apresentado pessoalmente ao rei de Nápoles para interceder, também em nome do pai, a favor dos dois jovens.

Enquanto isso, Alexandre tinha começado, com calma e distanciamento, a entrelaçar os fios coloridos da tapeçaria preciosa com a qual contaria a evolução da epopeia do fracasso de um projeto de transformação total da Igreja romana. Tomando cuidado para, no desmoronamento, cair em pé e incólume.

Ao desenhar a trama dos próximos diálogos com os cardeais de ponta do consistório, ele se perguntava como achou que poderia realizar uma transformação tão profunda quando os personagens que deveriam fazê-la funcionar eram os mesmos bandidos sagazes e hipócritas contra os quais aquela reforma se dirigia. As mãos daqueles homens já estavam muito afundadas nos bolsos dos gestores de negócios, que precisavam do beneplácito da cúria para a realização de qualquer obra. O costume com trapaças e enganos não podia, obviamente, ser condicionado e transformado em algo positivo, apenas graças a novas leis e regulamentos inovadores. O papa Rodrigo já tinha entendido a lição. Não valia absolutamente a pena insistir em tornar habitável um castelo de areia construído na praia, aguardando que uma forte onda o varresse junto com seus construtores. Mas precisava agir com grande cuidado e desenvoltura – lembrando-se de que, em política, ganha sempre quem adia: adiar, de fato, é um dos recursos fundamentais dos programas que não podem, ou melhor, não devem ser realizados.

O difícil para Alexandre VI era superar o obstáculo da assim chamada "moral". Ou seja, conseguir dissimular, pelo menos na aparência, sua necessidade licenciosa de abraços proibidos. Afinal, como se manter longe de uma criatura tão amável como Júlia? Um antigo ditado recomenda: "Se as hienas não te largarem, jogue para elas o pedaço mais suculento, um cordeiro recém-nascido. Você vai ver: escancarando as mandíbulas para triturar a presa, não há hiena nem chacal que repare no resto".

A grande reforma, assim, foi docemente afundada no pântano do esquecimento. De vez em quando, alguém de boa memória perguntava: "Quando voltaremos a tratar daquela reviravolta?".

E todo mundo, do pontífice aos cardeais, respondia: "Não se preocupe, não a esquecemos. Tenha paciência que logo vamos propor novamente".

Certo. E quem vai acreditar?

Brigas entre namorados

Lucrécia está em Roma. A cena se abre no mesmo instante em que se ouve o ruído da aldrava na parte inferior da escadaria central e a voz de uma criada grita: "Senhora, seu namorado, foi ele quem bateu!". E Lucrécia: "Finalmente! O que espera para deixá-lo entrar?".

"Já entrou, está na escada!"

Afonso aparece, ela vai em sua direção para abraçá-lo, e o rapaz a empurra.

"Ei! O que você tem? Por que me empurra?"

"Pergunte a seu irmão e também a seu pai! Vocês são uma bela congregação de canalhas!"

"Canalhas? Bebeu, ou está me insultando por prazer?"

"Escuta, você é letrada, gosta de baladas e modinhas? Então leia isto!" E falando assim, tira do casaco um invólucro. "Fique à vontade, é dedicado a você, ou melhor, a nós. É bem divertido."

A moça segura os papéis e pergunta: "Quem escreveu?".

"É um certo Bellomo Quatronádegas, é um bufão, naturalmente! Muito engraçado!"

"O quê? Está falando napolitano para me deixar desconfortável?"

"Você, desconfortável? E quem consegue isso? Chega de choramingar! Escuta o que diz." Arranca as folhas das mãos dela e lê, escandindo as palavras: "Como você é bela, Lucrécia, e doce, e tem os olhos de anjo, mas você é uma atrevida e brinca de apaixonada na companhia de delinquentes, e assim fez enamorar esse jovem, que eu sei, meio neto de um rei, e fez ele acreditar que por acaso se encontraram naquele dia, mas era toda uma maquinação, só ele de nada sabia. Assim de repente ficaram apaixonados como loucos. Mas foi tudo combinado pelo irmão Cesarão, chefe dos brigantes, e pelo pai santo, e também o rei de Nápoles estava de acordo. Fizeram o contrato antes que eles se encontrassem. E o coitado do rapaz estava convencido de que tinham se encontrado porque a deusa fortuna, que aliás é também a deusa do amor, o desejou. Ah, que besteira!", Lucrécia começa a chorar. E o rapaz desata a rir.

"Só faltava que acabasse em lágrimas! Você chora, chora, enquanto isso está fodendo o bobo!"

"Chega!", grita Lucrécia, e lhe dá uma bofetada. "Não estou sabendo de nada, entendeu?"

"Ah, é? Nem César, seu irmão, sabe de nada? Seu pai, a Adriana, sua ama cafetina? Para começar, vou te contar uma coisa: quase bati em meu pai, que prontamente começou a rir. 'Finalmente!', gritou. 'Entendeu que te pregaram uma peça! Mas o que importa se você achava que foi por acaso? A moça é muito linda, tem dinheiro que basta para embebedar um banqueiro, e você ganhará um dote de nababo. E, por fim, você também se tornará o genro do papa, e seu filho, em um futuro próximo, talvez se torne o rei de Nápoles.' E você, Lucrécia, será rainha! Entendeu a armação?"

"Não sei de nada, já te falei! Juro para você!"

A criada, nesse momento, olha pela janela e diz em voz baixa: "Senhora, seu irmão está chegando, desceu do cavalo! O que fazemos?".

"Boa! Agora você acompanha Afonso ao mezanino e leve-o bem ali, em cima de onde estou, onde tem um furo redondo pelo qual ele pode espreitar sem ser visto e, especialmente, ouvir. Vá, leve-o!"

E enquanto a criada faz o moço subir por outra escada, Lucrécia diz claramente: "Escuta bem o que César responderá às minhas palavras".

Os dois saem, a moça se senta em um tear no centro do aposento e começa a mover o pente da máquina.

"Oh, Lucrécia! Estou feliz de te encontrar em casa! Mas o que é, não me dá um abraço?"

"E por que deveria? Pela forma com que continua me usando, eu deveria te agradecer?"

"Não entendo aonde quer chegar."

"Escuta, você está sabendo que em algumas ruas de Nápoles há contadores de histórias que narram o encontro de amor entre mim e Afonso, e às gargalhadas?"

"Mas o que está dizendo?"

"Está bem, pode ser que você também não saiba nada a respeito, por isso te dou a possibilidade de se tornar mais culto. Leia aqui." E joga aos seus pés o envelope com a balada. "Está em napolitano, você conhece napolitano? Bom, se não souber, aproveite para aprender se quiser, de verdade, tornar-se rei de Nápoles…"

César começa a ler e, após ter percorrido meia página, exclama: "Mas que palhaçada é esta?".

"A nossa, querido, uma verdadeira palhaçada!"

"E está se queixando do quê? Não gritou sempre, indignada, que te usávamos como um peão a ser movido segundo nossos interesses? E agora que fazemos de tudo para que possa escolher o amor encantado que está procurando, ainda vai nos recriminar, como se eu e nosso pai fôssemos dois aproveitadores?"

"Sim, concordo, é indigna essa minha pretensão! Tem razão, sou uma moça insaciável. Vocês fizeram o possível para reservar para mim dois jovens da nobreza espanhola…"

"Veja bem, oferecemos dois para te dar a possibilidade de trocar se o primeiro não te agradasse…"

"Depois mudam de ideia e decidem que os dois tolos não são dignos de mim e os jogam no lixo. Então, pensam em encontrar outro melhor, até mesmo um jovem da estirpe dos Sforza! E o que mais vocês queriam? Eu não o amo, mas me forçam a aceitá-lo. Me adapto, faço de tudo para que ele me agrade. Por quatro anos nos amamos, o fato que ele esteja tão apaixonado por mim faz com que eu o aceite, mas meu pai, de acordo com você, decide que não, ele não é digno, e fazem nos assinar, a ambos, um documento dizendo que nunca nos amamos. Finalmente, encontro o homem da minha vida, mas depois descubro que foi fabricado por vocês, não há nada que tenha acontecido por acaso. Enfim, me fizeram encenar a comédia sempre para a vantagem de vocês e de seus interesses!"

"Deus, cansei! Desculpa, mas não tenho tempo a perder com suas choradeiras. Nos vemos quando estiver mais calma. Adeus!…"

César vai embora; depois de alguns segundos Afonso volta, senta-se perto da namorada e, após um longo silêncio, diz: "Desculpa pelo que falei e pelas ofensas".

"Não se preocupe, tinha todo o direito. Malditos... Não conseguem deixar de usar todo mundo como se fossem sapatos de segunda mão."

"E agora? Como devemos nos comportar?" E, sem esperar a resposta: "Eu não posso mais ficar sem você. Estou apaixonado".

"Eu também. Te adoro", diz ela. "Já está dentro da minha vida em todos os momentos, mesmo quando não está comigo, quando durmo, quando ando pela rua, quando como. Eu te como e sou comida."

"Gostei da ideia de ser a sua comida; e você, a minha. Então vamos continuar juntos, proteger um ao outro."

E ela, quase prontamente: "Mas, cuidado, mesmo um deles sendo meu irmão; e o outro, meu pai, já aprendi a sempre duvidar de ambos. Basta considerar como jogou baixo, no último consistório, esse homem que se faz chamar de santo padre. Eu mesma o ouvi, com estes meus ouvidos, propor aos bispos e aos cardeais atônitos a destruição de todo o podre que ferve nas cozinhas do Vaticano. Chegou até a realizar uma comissão de sábios extremamente honestos, mas, ao perceber que se arriscava a ter que desencadear uma verdadeira guerra envolvendo todos os grupos de poder, logo tirou a pele de leão e vestiu a de um brilhante camaleão. De resto, a metamorfose repentina é uma prerrogativa extraordinária dessa família. Meu irmão, quase em uníssono com meu pai, se despojou de sua veste de seda vermelho púrpura. Jogou o barrete de cardeal e enfiou, com uma velocidade inusitada, a couraça, o elmo, as botas e a espada de príncipe guerreiro".

"E tudo para praticar melhor seus negócios escusos... Certo, não vamos poder dormir tranquilos nunca. Desculpa se estou sendo brutal, mas você nasceu, não sei como, dentro de uma montoeira de criaturas horrendas, pelas quais qualquer um que incomode os projetos delas pode se dizer já morto."

"Tem razão. Aceitando o programa deles, corremos sempre o risco de sermos gerenciados como lhes convêm."

Abraçam-se e, quase em uníssono, sussurram: "Tomara que este amor não acabe nunca".

O jogo das trocas

Em 1º de outubro de 1498, César Bórgia vai a Paris. É uma cidade que ele já conhece, e que começou a amar aprendendo a língua francesa – que, como percebemos quando foi a Nápoles na comitiva do rei Carlos VIII, sabe falar com agilidade e belo estilo. Mas o que ele vai fazer em uma cidade tão distante de suas origens? Vai pedir a mão de ninguém menos que Carlota de Aragão, a qual, não por acaso, é prima de Afonso, agora marido de Lucrécia, e filha de Frederico, rei de Nápoles. Mas não se trata do final feliz de uma história de amor; ao contrário! É uma negociação totalmente política. Casando-se com uma de Aragão, César alcançaria um degrau muito alto na escalada ao reino de Nápoles.

Entretanto, o encontro não foi como previsto. Quando lhe propõem aquela união, a noiva cobiçada agride os casamenteiros com um escarcéu de violenta indignação: "O quê?! Me propõem acabar na cama de um elemento dessa categoria? Um assassino de profissão, digno dos prostíbulos mais desprezíveis? Já esqueceram que é o mesmo bastardo que se tornou amante de minha prima, roubando-a do marido que, ainda por cima, é seu irmão mais novo? O que é que vocês estão querendo? Caso com esse infame que me leva para a cama e, na manhã seguinte, após ter desfrutado da minha pureza, é capaz de me enforcar entre os lençóis, como o sátrapa assassino das *Mil e uma noites*?".

A recusa é brutal e sem apelação, mas César não se incomoda muito.

Como se diz, as reviravoltas são como o vento que empurra os navios, o siroco se torna mistral e você tem que mudar de rota. E o que faz um César que, jogando xadrez, perdeu a rainha? Imediatamente, encontra outra. A napolitana diz que não, mas está disponível também uma jovem mulher francesa, outra Charlotte, Charlotte d'Albret, irmã do rei de Navarra. Ela concorda, o pai também, então, vivam os noivos! Essa jogada de xadrez o faz ganhar a simpatia do rei da França, Luís XII, o qual, na verdade, se vale desse favor em relação ao filho predileto do papa para obter seu apoio – do papa, entenda-se – a respeito da anulação de seu casamento. O monarca se casara, um casamento indesejado, com Joana de Valois, uma jovem com doença mental. Apenas o pontífice poderia extinguir esse casamento. E, além disso, o rei quer obter o aval do Vaticano para a realização de seu almejado projeto: a conquista do reino de Nápoles. No topo de seu plano está, primeiramente, a conquista de Milão. Para esse empreendimento, César é nomeado lugar-tenente, ou seja, o jovem, finalmente, tem à disposição um exército para liderar em dupla com o monarca e atacar, além de Milão, também outras cidades importantes da região da Romanha.

Milão é conquistada, então descem até a Romanha.

Depois de alguns meses, em 26 de fevereiro de 1500, César entra em Roma como comandante vitorioso. O pai tinha preparado para ele um triunfo digno de um imperador, e chegou a nomeá-lo gonfaloneiro da Igreja. Mas a recepção mais festiva e entusiasta lhe foi reservada pelo povo romano. Foram especialmente os empregados da administração pública os mais fanáticos apoiadores da façanha do filho do papa. Os feudatários da Romanha, de fato, eram um verdadeiro fardo para o Estado pontifício. Briguentos e turbulentos, há anos se recusavam a pagar os impostos devidos ao governo de Roma, o qual era forçado a recorrer aos moradores da Urbe para compensar suas perdas e, acima de tudo, aos funcionários, que não recebiam seu salário havia meses. A vitória do Bórgia, para eles, representava a certeza de que logo receberiam consistentes pagamentos em atraso.

Ao acolher César, o pai "santo" era forçado a minimizar a própria felicidade e o orgulho de ter um filho tão aclamado. Mas quando ficaram finalmente a sós no palácio, Rodrigo abraçou com tamanha paixão o rapaz que quase o deixou sem fôlego. Então, enquanto os garçons serviam o almoço, no qual os convidados eram apenas pai e filho, Alexandre VI exclamou, expressando-se em catalão: "Me conte tudo desse triunfo!".

E o filho: "Me deixe respirar um pouco, pai, também estou emocionado com toda essa recepção".

"Tudo bem, respire e comece. Do início, por favor, exatamente do momento em que o rei te nomeou seu braço direito."

E César começa movendo as travessas na mesa para ter mais espaço e contar sua jornada gesticulando: "Bom, vou te confessar antes de tudo, meu pai, que a primeira expedição, a conquista de Milão, foi para mim a pedra de toque. Aquela cidade eu a conheci à perfeição desde o tempo em que, enviado por você, fui lá para preparar o casamento de nossa Lucrécia com Giovanni Sforza, aquele judas mesquinho que, mais tarde, cuidamos que fosse varrido para bem longe. Assim, quando o rei Luís me perguntou como deveríamos enfrentar Ludovico, o Mouro, e suas tropas, eu, tendo o cuidado para não exagerar, respondi: 'Em minha opinião, esse será para o senhor o mais fácil ataque a uma cidade que se possa esperar'. 'Graças a qual vantagem?' 'Àquela que o próprio duque de Milão criou para nós, pois, com seus modos de chefão insensato, em pouco tempo conseguiu perder toda a reputação que tinha no começo, a ponto de não ter mais um único súdito que não deseje loucamente livrar-se não apenas dele, mas de toda a corte e seus lacaios.'" E o rei, já muito envolvido, pergunta: "Por quê? O que aprontou esse fanfarrão?".

"É simples, pensou somente em seus interesses. Nem fingiu cuidar dos interesses de seu povo. Exatamente o contrário do que você sempre me ensinou, meu pai: quem atende os próprios interesses e, ao mesmo tempo, consegue atender os das pessoas sempre se safa, e o povo, começando pelos mendigos, o adora. Sem falar de como é amado pelos chefes militares."

"Sim, César. Mas cuidado para não abusar, especialmente com os maiorais: estes, se sentirem a ternura de quem os favorece, te deixam nu, e o rei nunca deve permitir que o encontrem de cueca!"

"Concordo; mas, voltando a meu diálogo com o rei da França, lembrei a ele que Ludovico, o Mouro, tinha exagerado com as promessas: '– Milaneses! – dizia a eles com ênfase. – Meus amados súditos! Já que me aceitaram como duque de vocês, garanto que reconstruirei a cidade, acabarei com as congregações dos exploradores e dos bancos, que já não podem ser chamados de bancos de crédito, mas de agiotagem, e, acima de tudo, consertarei os canais e os rios e farei restaurar o esgoto, que, como me avisou publicamente Leonardo da Vinci, está pululando de ratos que entram em todos os lugares, até na igreja, durante os casamentos'. Nesse ponto, eu concluí: 'Bastará que o senhor, majestade, se apresente sozinho em frente aos muros de Porta Romana, e eis que os portões vão se escancarar, e verá ir a seu encontro toda a população batendo palmas'."

"E ele, o rei, como reagiu a essa sua previsão?"

"No começo me pareceu cético, mas depois, pelo modo como andaram as coisas de verdade, teve que admitir que seu lugar-tenente tinha acertado em cheio os fatos. E, ingressando em Milão, quis que eu ficasse sempre perto dele, me segurando pelo braço, como faz você quando se lembra de que sou seu filho."

O pai, sorrindo, acrescenta: "Não se distraia, estamos no momento em que chegam à Romanha com as tropas. Conte-me!".

"É simples. Dirigimo-nos para as cidades de Ímola e Forlì, onde, entretanto, nosso exército encontrou inesperadamente uma resistência brava e teve que sofrer também um feroz contra-ataque por parte das tropas locais, lideradas, inclusive, por uma mulher, Catarina Sforza, dotada de coragem extraordinária e carisma. Imagine que conseguiu despertar em seus súditos um orgulho digno de uma estirpe autêntica de guerreiros. E que trabalho foi fazê-la aceitar a rendição e prendê-la!"

Sinais do estrago

Estamos em 26 de junho, em pleno verão. Alexandre recebe um sinal de mau agouro que lhe chega bem do alto. Um enorme lustre do salão se desprende do teto e se precipita, vertical e diretamente, sobre a poltrona do pontífice,[18] que, naquele momento, tinha acabado de se levantar para pegar uma pequena moeda de ouro que caíra de suas mãos. Abalado, o papa se dá conta de que ainda está vivo por questão de milímetros. E graças a uma moeda.

Mas essa foi apenas a primeira advertência. De fato, no dia seguinte (um dos poucos dias em que César está ausente), Alexandre está para dar início a uma audiência na sala dos pontífices quando se ouve no céu um estrondo com relâmpagos e trovoadas que parece que o mundo está acabando. Houve alguns segundos de silêncio, antes do início de uma tempestade que lembrava o juízo universal. Ouvem um estrondo repetido, e as vigas que sustentam o telhado desabam de repente. Paus e tirantes precipitam-se um atrás do outro. Dois cardeais se jogam no vão de uma janela para se salvarem. Alexandre fica parado, sentado em sua poltrona sob o baldaquino, que desmorona em cima dele.[19]

---

[18] Gervaso, *I Borgia*.

[19] Johnson, *Casa Borgia*, p. 133.

A voz do desastre já se espalhou por toda a cidade. Escutam-se gritos desesperados que repetem: "Morreu! O papa morreu esmagado pelo telhado!". Alguns homens começam a trabalhar para extrair o inevitável morto e, com grande surpresa, o encontram sentado na poltrona, debaixo dos arcos despedaçados do baldaquino, desmaiado, mas ainda vivo.

Perto do santo padre estendido na cama só se encontra sua filha. Foi ele, pessoalmente, que ordenou ser assistido por Lucrécia e ninguém mais.

Em 15 de julho de 1500, tudo parece submerso em calmaria. Na escadaria na entrada do átrio de São Pedro, Afonso de Aragão está subindo os últimos degraus quando é atacado por alguns sujeitos mascarados que, brandindo longos punhais, se jogam em cima dele. Com um pulo, o jovem consegue se desviar do ataque, mas não pode evitar que uma estocada o acerte no braço. Cambaleia. Estamos perto das onze da noite, e é fraca a luz das lâmpadas fixadas na fachada em arcos. Um dos traidores o alcança e o fere na nuca.

Tem alguém que assiste de perto àquela emboscada, mas evita com cuidado intervir ou dar o alarme. Desaparece. Mais uma vez, Afonso consegue fugir e reage desferindo chutes no sicário mais próximo, que, no entanto, consegue feri-lo profundamente em uma das pernas. O jovem cai no chão. Os três veem chegar de repente um grupinho de guardas que, com seus gritos, convencem os infames a bater as asas. A patrulha alcança a escadaria e, imediatamente, dois dos interventores se debruçam sobre o infeliz, que ainda respira. Quatro homens o erguem e o transportam dentro do átrio até a entrada da basílica, onde está o corpo de guardas. O capitão reconhece Afonso e exclama: "Deus, este é o genro do santo pontífice!".

Sempre correndo, os quatro homens o levam até os aposentos internos do Vaticano, onde mora Lucrécia Bórgia. A dama vai ao encontro dos socorristas. Quando percebe que aquele é seu marido e que ele está perdendo sangue em grande quantidade, cai no chão, desmaiada. Chamam um médico, que costura as feridas do infeliz onde é possível e comenta: "Por sorte, os golpes de faca não prejudicaram órgãos vitais. Infelizmente, perdeu muito sangue, mas é jovem, talvez consiga. Vamos cuidar da senhora agora".

Conseguem reanimá-la, dando sais para cheirar. O médico sente o pulso e declara: "Tem uma febre alta, com certeza é o efeito do susto".

No dia seguinte, desde o amanhecer, em frente à entrada dos apartamentos onde mora Lucrécia, notam-se dois guardas armados que estacionam no corredor sem interrupção. O médico está saindo do quarto onde se encontra Afonso. Lucrécia o acompanha e tem nos braços um menino.

"Como está? Seu filho é esplêndido, parece um menino como os que estão pintados ao redor da Nossa Senhora durante a Assunção."

E Lucrécia, beijando seu menino, comenta: "É o único da família que neste momento ainda é saudável".

"Tem quanto tempo?", pergunta o médico.

"Faz nove meses que nasceu."

"Caramba, parabéns!, parece nascido pelo menos há um ano. Desculpe se me preocupo com problemas que não me competem, mas tem algum suspeito em relação aos autores desse atentado?"

"Chegaram hoje de manhã dois chamados mestres de justiça, enviados por meu pai. Naturalmente, já abriram um inquérito. Por toda a manhã não fiz outra coisa senão responder às perguntas deles. Permito-me exprimir um juízo que deveria manter comigo: tive a impressão de que eles sabiam mais coisas sobre essa degolação mal-acabada do que as que fingiram querer saber de mim."

"Talvez não se lembre, estava muito transtornada, mas sou o mesmo médico que a socorreu quando perdeu seu primeiro filho."

"Oh, sinto muito mesmo! Infelizmente, naquele momento estava totalmente sem cabeça."

"É, lembro... Caiu descendo as escadas e perdeu sua primeira criança. Um aborto com três meses, estava desesperada, com razão. Porém, depois de pouco tempo, constatei com satisfação que estava recuperada como por encanto, tanto que, feliz, você me disse: 'Doutor, estou grávida de novo'."

E Lucrécia: "Mas minha felicidade durou pouco, porque logo meu marido foi forçado a fugir, ou melhor, foi convencido por um dos cardeais próximos de meu pai".

"Desculpe-me, não deveria insistir, mas é que sobre essa história ouvi muitas versões diferentes, qual é a verdade?"

"A verdade sempre esteve nas mãos de meu irmão. O cardeal do qual posso até dizer o nome, Ascânio Sforza, chegou até Afonso, meu marido, e o avisou: 'Está correndo um grave perigo, meu jovem amigo, alguém da sua família, digamos, adquirida, quer eliminá-lo brutalmente. Escute-me, fuja para o lugar mais protegido possível'; e Afonso respondeu: 'Não tenho lugares seguros para me esconder'. 'E então vá até minha propriedade em Genazzano, é uma fortaleza murada. Ninguém vai correr o risco de colocar seu nariz ali, não importa quantos soldados tenha à disposição.' Assim, de um dia para o outro, me encontrei completamente sozinha perto do nascimento de um filho. Chorei por dias inteiros. Por sorte, o bebê não sofreu com isso."

"Então, por todo o tempo da gestação, não viu mais seu marido?"

"É, isso mesmo."

"Me desculpe por insistir, porque dentro da família de vocês… Evidentemente, seu irmão tinha vontade de matar seu marido após ter feito de tudo para que você casasse com ele?"

"Eu sei que vai parecer horrendo para você, mas, entre os homens Bórgia, isso de mudar um projeto depois de tê-lo conseguido é totalmente normal, e, já que o meio mais rápido para consegui-lo é o homicídio, essa é a solução mais praticada. No caso específico, meu casamento não era o objetivo final do projeto, mas uma etapa intermediária. Meu irmão, sempre ele, tinha decidido que Nápoles poderia ser o reino a conquistar, com o sistema da parentada. No começo do jogo, chego eu, que, com meu casamento, construo a base da escalada até o reino; então entra César, que, como se diz, tem a intenção de desposar a prima de meu marido e, assim, subir ao trono de Partenope.[20] Mas, como todos sabem, Carlota de Aragão recusou com indignação o pretendente."

"Certo! Agora entendi! Então – exclama o médico –, perdendo César a possibilidade de conquistar o reino de Nápoles, seu casamento com o jovem Aragão não serve mais."

---

[20] Partenope, "menina, virgem" no grego antigo, era uma das sereias. Segundo o mito, ela teria fundado a cidade de Partenope, mais tarde refundada com o nome de Neápolis, "cidade nova", atual cidade de Nápoles. (N.E.)

"Isso, bravo! Por isso, meu marido se torna um esposo descartável. Em uma tumba, é claro." "A tumba… Por isso, então, esse atentado, por sorte frustrado."

"Sim, mas, pobre de mim, acho que vão tentar de novo."

"Mas como é possível? Se eu não estiver errado, seu pai, *pardon*, seu santo padre a está protegendo, visivelmente. No entorno desta casa há homens armados de plantão em cada esquina."

"Sim, mas não basta. Mesmo que o santo padre, mencionado por você, tenha ameaçado punir duramente qualquer um que tentasse fazer violência em nossa casa, conhecendo César, sempre temos que esperar o pior."

De fato, no mês seguinte, o irmão de Lucrécia e alguns dos seus capangas irrompem na casa onde ela e sua cunhada estão cuidando do jovem convalescente. Expulsam brutalmente do aposento as duas mulheres, e o capitão Miguel de Corella, dito Micheletto, sicário pessoal de César, entra no quarto de Afonso e em um segundo o enforca. E aqui, como nos dramas improvisados do teatro à moda italiana, começa a dança do jogo das máscaras. Todo mundo participa atuando no próprio papel e também no dos antagonistas. O pai, primeiro, se diz indignado, depois faz vista grossa e prega a paz. O filho assassino jura que não cumpriu nenhum ato criminal e que só se defendeu, já que a vítima se atreveu a ameaçá-lo e até mesmo atravessá-lo com flechas de besta. Mas o fato mais espantoso é que, depois de um ato tão hediondo, que faria explodir de indignação os súditos de qualquer nação, em Roma, em pleno Humanismo, logo após aquele homicídio, a atmosfera está envolvida inteiramente por uma espécie de amálgama pegajosa que torna tudo sem peso e sem forma. O esquecimento.

Lucrécia se dá conta disso pessoalmente quando, convidada por amigos normalmente felizes por recebê-la em qualquer ocasião, agora se sente mal tolerada, especialmente quando menciona a violência sofrida. Todo mundo tenta evitar o assunto, e, dado que, diante daquele esquivamento, explode muitas vezes em gestos e palavras indignadas, eis que, dia após dia, a jovem viúva entende que já ninguém a tolera mais. Como dizia Aretino, "os prantos desconsolados são aceitos apenas quando a viúva que os produz é uma patroa cujo poder beneficia a vida dos cortesãos, e de forma determinante. Mas se quem governa já perdeu grande parte do seu poder, a lamentação se torna uma queixa insuportável".

Lucrécia não consegue aguentar aquele acúmulo de hipocrisia e cinismo que é Roma, onde César, o Valentino, a essa altura, reina sobre todos. Por isso, recebe muito bem a exortação do pai para que, com sua corte, deixe a Urbe e alcance Nepi, feudo do qual ela é, além do mais, senhora, e onde o ar e o ambiente vão com certeza beneficiá-la. No meio de tanto marasmo, o bebê cresce esperto e cada vez mais ligado à mãe por um afeto transbordante. Mas não se pense que Lucrécia tenha sido abandonada pelo pai e pelo irmão para viver para sempre isolada naquela miúda cidade de conto de fadas que, infelizmente, é adequada às crianças. Alexandre VI percebe em si mesmo a dura responsabilidade de ter reduzido a filha a uma melancólica, aliás, desesperada viúva de um jovem que amou como a nenhuma outra pessoa no mundo. E faz de tudo para libertá-la daquela condição. Ele a ama, daria a vida pela felicidade da filha. Esse é o clássico fundamento moral dos tiranos, que, na condução dos próprios interesses, são sempre impiedosos e criminosos, mas diante dos afetos familiares sofrem e se desesperam com a paixão de um autêntico ser humano.

O retrato sincero de um povo

Como comentário do que aconteceu, propomos a análise que nos oferece Marion Johnson, uma pesquisadora inglesa de grande conhecimento e agudeza que, com a clássica impiedade dos anglo-saxões de talento, narra a vida da Itália no tempo do Renascimento: "Muitas críticas duras se prolongaram por todo o décimo quinto século sobre o estado no qual a Itália se encontrava. Mesmo assim, nesse país em que o engenho alcançava uma vivacidade desconhecida no resto da Europa e onde o estudo da história tinha sido inserido, desde suas origens, na ordem da ciência, os sábios estavam cientes de que a culpa nascia dentro, tinha de ser buscada na vida e nas pessoas". Leia-se: os súditos. "O que Alexandre VI e seu filho César tentavam realizar não era outra coisa senão a consequência lógica dos interesses de quem gerenciava o poder. Seus fins e meios eram universalmente aceitos enquanto compatíveis com a tradição da arte política italiana e do seu 'viva e deixe viver'. Por vários séculos, os Estados independentes da Itália tinham constituído uma arena na qual eram possíveis quaisquer experiências e na qual qualquer homem dotado, impiedoso e com uma insaciável sede de sucesso, tinha a possibilidade de emergir. Como resultado, os reinantes italianos tinham dado prova de uma sagacidade, um juízo, uma versatilidade e uma tendência artística inalcançáveis por quaisquer reis ou príncipes dos esquálidos países do Norte; mas tudo isso era acompanhado por uma astúcia, uma deslealdade, uma crueldade e uma imoralidade inconcebíveis por pessoas mais frias e conservadoras."[21]

O acerto de contas... Sem falar dos privilégios

Quase que a confirmar as palavras de Marion Johnson, temos o conteúdo da correspondência enviada pelo pontífice a todos os senhores feudatários do reino da Igreja; nela, Alexandre VI declara cada um deles decaído da gestão de seu feudo. Não apenas isso: ele excomunga todos em massa, expondo como razão a falta do pagamento dos impostos devidos ao Estado pontifício. Desse modo, César se encontra, como se dizia em Romanha, "almoçando com manteiga e aliche". Tanto que agora, com uma facilidade estonteante, consegue em pouco tempo depor o conde de Pésaro, os Malatesta, senhores de Rimini, os Montefeltro, de Urbino, os Manfredi, de Faença, os Varano, em Camerino. Enfim, da noite para o dia se apodera de toda a região, incluindo os numerosos fortes e castelos. O empreendimento desperta estupor em toda a península e em grande parte da Europa. É em consequência desse sucesso que Maquiavel comenta com ardor a possibilidade de que um único Estado possa nascer na Itália, nos moldes do que estava acontecendo na Romanha. Daí a dedicatória de seu tratado de doutrina política, *O príncipe*, a César.

---

[21] Johnson, *Casa Borgia*, p. 133.

As estradas, mesmo as mais intransitáveis, conduzem sempre a Roma

Por aqueles dias, o papa pede um encontro com a filha, que está refugiada em Nepi, e Lucrécia responde: "Sinto muito, mas não estou com vontade de ir até Roma e, acima de tudo, sinto um profundo desgosto com a ideia de encontrar casualmente, como é de costume, meu irmão, o Valentino, que todo mundo agora já chama de massacrador".

A resposta do papa é imediata. Apenas o tempo de que um mensageiro com troca de dois cavalos, leve a ela a seguinte correspondência: "Lucrécia, mesmo que você não acredite mais em minhas palavras, estou me empenhando até o impossível para conseguir demonstrar o bem que te quero. Mas a realização de meu intento é bastante complicada e difícil, e, portanto, para ter sucesso, preciso de sua participação direta. Não podemos discutir através de cartas e correios. Venha até mim o mais breve possível, por favor. Pelo que concerne a seu irmão, te prometo que nunca o verás no período em que estiver na minha casa. De resto, ele está muito ocupado na Romanha para poder se afastar daquela terra".

Depois de alguns dias, ela chega em Roma. Não na casa onde morava com o marido, mas no palácio Farnese, como hóspede de Júlia. E não aceita encontrar o pai no Vaticano. Muitas memórias dolorosas a impedem de voltar àqueles lugares. O papa tem, então, uma ideia verdadeiramente genial. Naquele tempo, em Roma, estão voltando à luz, uma a uma, as famosas *domus*, construídas pelos mais importantes imperadores romanos. Alexandre VI, lembrando-se da emoção que as primeiras descobertas da Domus Aurea de Nero tinham produzido em Lucrécia, a convida para visitar com ele as últimas escavações, naturalmente proibindo a visita dos numerosos apaixonados por arte. Estarão sozinhos e sem serem incomodados. Lucrécia aceita, e eis que se encontram diante de uma pintura de faunos e ninfas que dançam.

Há um confortável banco, no qual se sentam, e depois de um abraço um pouco forçado, começa o diálogo. É o pontífice que toma primeiro a palavra:

"Filha, primeiramente, preciso admitir que, com tudo o que aconteceu, a família Bórgia obteve grandes vantagens. Para todos nós, menos para você, Lucrécia. Você, como uma absurda sentença do destino, teve de pagar sozinha pelas nossas inescrupulosas espertezas, muitas vezes encharcadas de sangue."

"É muito honesto o que finalmente está me dizendo, pai. Esqueceu-se apenas de dizer o nome de quem cometeu os atos monstruosos que eu, sozinha, tive que sofrer."

"Não, não sozinha, minha filha. Eu, por minha vez, me declaro culpado, é claro, e sofri terrivelmente. Vou confessar que pensei até em apagar César da minha vida. Mas, falei a mim mesmo, abandonado à sua mercê, aquele meu filho inconsequente realizará ainda mais crimes, sempre mais horrendos, que o conduzirão à total ruína, e então seremos derrubados ignominiosamente, nós também."

"É. E aguardando a ovelha negra esbranquiçar um pouco, eu continuarei a ser olhada e considerada como uma fascinante meretriz que consente de forma horrenda que se eliminem seus maridos, que a adoram, pelo simples fato de que aqueles casamentos não coincidem mais com os negócios da estirpe."

"Sim – exclama o pontífice –, é exatamente esse o ponto focal da situação. Eu, como responsável pela sua difamação, preciso fazer de tudo para que minha filha readquira sua honorabilidade."

"E como pensa que vai conseguir?"

"Deixa eu te fazer uma pergunta, Lucrécia: qual é a cidade que você conhece e estima acima de tudo, na Itália?"

"Pai, é mesmo muito esperto. Faz uma pergunta e já sabe a resposta. Falamos rapidamente sobre isso em outra ocasião. É um lugar onde passei dias inesquecíveis, chamado Ferrara."

"Muito bem. E por que razão você a prefere a outras?"

"Por que as pessoas são sinceramente afáveis e, me parece, têm um grande sentido de comunidade, somado a um desejo de viver em alegria e respeito por todos."

"Concordo com você. Considere também que possui palácios de feitios extraordinários e é banhada em todo seu entorno pelo rio Pó, que se desdobra para abraçá-la como um namorado. É rica de mercados visitados por pessoas da Europa inteira. E possui uma universidade, o Estúdio, onde os maiores cientistas e homens de literatura e poesia ensinam."

"Eu sei. E considere ainda que talvez seja a primeira cidade na Itália onde se pode assistir a representações esplêndidas de teatro. Ali assisti a comédias em língua vulgar[22] de uma beleza inimaginável. Mas só um momento: estou errada ou, pelo que entendi, é em Ferrara que me aconselharia morar?"

"É, sim."

"E vou poder escolher eu mesma os amigos que quiser e um namorado perfeito, ou, como sempre, já escolheu meu noivo?"

"Está bem, você me surpreendeu e me colocou no escanteio como um jogador do jogo da palma[23] que trapaceou. Que idiota! Me atrapalhei sozinho como um principiante. Com quem eu achava que estava falando? Não sabia que minha filha aprendeu o jogo da dialética melhor que seu mestre? E agora, que vou dizer?"

"Nada mais do que a verdade. Evite, por favor, lançar mão de rodeios comigo para depois acreditar que pode me surpreender com sua esperteza de eterno vencedor! Sabe, estava te observando enquanto baixava sua rede de pesca, estava acompanhando como apertava os laços da armadilha de malha estreita e me perguntava: 'Qual é o projeto dele dessa vez? A quem quer me oferecer para realizar suas artimanhas?'."

"Não, Lucrécia. Nesse caso, você errou. Não tem artimanhas para a minha vantagem. No jogo desta vez, o primeiro interesse é o de te levar para a posição de ser respeitada e considerada nos níveis mais altos da dignidade. E, para conseguir, estou disposto a perder dinheiro e credibilidade e envolver personagens de grande relevância, para que você consiga subir até onde ninguém mais possa se permitir faltar-lhe com o respeito."

"Entendi. Não preciso de outros indícios nem testemunhos. Já fez o retrato completo do personagem que quer me propor. Trata-se do filho do duque Hércules d'Este, Afonso."

"Sim, perfeito, é ele mesmo!"

"Mas se dá conta de que Afonso é também o nome do homem que amei além de qualquer limite e que alguém da minha família matou?"

---

[22] Relativa ou pertencente à plebe, ao vulgo; popular. (N.E.)

[23] O tênis teve sua origem na França, em meados do século XIII. O *jeu de paume* (jogo da palma) foi o precursor da modalidade, uma espécie de tênis primitivo. O jogo era tradicional na época e não se usavam raquetes, mas as mãos para rebater a bola na parede (cf: https://bit.ly/jogo-da-palma) (N.T.)

"Eu sei, a coincidência é horrenda. Mas o que posso fazer? Por favor, é difícil para mim tratar dessa história. Ao invés disso, sei que já o encontrou aqui em Roma, esse Afonso d'Este, não sei em que ocasião. O que achou dele?"

"Não o observei com atenção, mas, como se diz, ao amor dado não se olha os dentes."

"Na verdade, é o que se fala para os cavalos."

"Tem razão, e não sou eu quem deverá cavalgá-lo. Eu, pessoalmente, me encontro no papel da jumenta."

"De qualquer maneira, pense nisso com serenidade, por favor."

Mais ou menos nos mesmos dias, no Palácio dos Diamantes de Ferrara, quase totalmente terminado, uma tempestade se anuncia. Deduz-se pelo fato de que os janelões do primeiro andar são fechados um após o outro em grande velocidade. Evidentemente, se quer evitar que gritos e palavras expressas em voz alta cheguem até a rua e no palácio da frente, onde está sendo festejado um casamento. Quem está à beira de desencadear uma verdadeira diatribe vocal são nada menos que o duque Hércules d'Este e seu primogênito, Afonso. É ele mesmo que inicia: "Mas quem sou eu – dispara –, um trouxa tapa-buracos a ser empacotado e vendido por baixo da mesa à primeira desgraçada de passagem?".

E Hércules, prontamente: "Bom, se vamos passar já aos insultos, melhor falar de outra coisa!".

"Sim, melhor, assim vamos evitar uma discussão."

E o duque: "Sim. Permita-me lembrar, entretanto, que quando se discute sobre uma pessoa, seria sempre uma boa regra saber de quem se fala, e não ir atrás dos 'dizem' e 'me parece que'".

"Mas, pai, foi isso mesmo que eu fiz! Me informei e encarreguei pessoas de confiança para que fizessem uma pesquisa e preparassem um relatório, que está aqui!" Tira de uma bolsa que colocou na mesa um pacote de papéis. "Pode-se dizer que conheço quase tudo sobre essa deliciosa Lucrécia, desde quando nasceu. Por anos, o pai tinha delegado, como marido da mãe dela, seu lacaio, que era pago para fazer o papel de genitor diante da menina e dos outros três filhos. Depois que o falso pai morre, o cardeal Rodrigo busca outro para substituir o morto. Tira uma contrafigura e coloca outra. Somente pouco antes de ser eleito papa, Alexandre VI, o genitor, revela para toda a família, menos para a mãe e o falso esposo, que já sabem, que não é o tio, como se fez passar por anos, mas o autêntico pai. Assim a mocinha descobre que não é com o tio que tinha tido uma relação incestuosa, mas com o pai, que é coisa muito mais respeitável e digna!"

"Mas o que é isso!", diz Hércules dando um soco na mesa. "Com que rufiões de bordel buscou essas informações?"

"Claro, claro, é uma história demasiado imunda para que possa ser aceita por pessoas educadas como nós! E o que me diz do fato de, ainda criança, com treze anos, ela ter sido obrigada a se casar com Giovanni Sforza, que tinha vinte e quatro, ou seja a minha idade! E, coitadinha, tem que aguardar um ano antes de consumar o casamento, já que nossas leis não o permitem. Apenas com catorze anos é permitido deflorar uma menina! Mas o pai santo volta atrás e obriga o marido a reconhecer que é impotente e deixá-la. Atenção, isso depois de quatro anos de constantes relações sexuais bem aceitas! Basta, chega de lamentações, vamos ao próximo cliente! Mas também esse outro, depois de um tempo, não agrada mais ao pai e ao filho, sem falar do espírito santo! Só agrada a ela, que o adora. E como fazer com uma árvore imponente que, crescendo, corre o risco de desmantelar o telhado de seus negócios? Cortá-la pela raiz. Nhac! – e ela fica viúva, mas pronta para ser oferecida a quem? *A mim!* O idiota do vilarejo! Oh, finalmente! É a vida que eu queria!"

"Afonso, por favor, quer se acalmar um segundo e me responder? Disse que já conheceu essa moça, mas que não falou com ela, limitaram-se a uma saudação genérica. Então, não conhece sua linguagem nem seu caráter, se é moça culta ou sem personalidade..."

"Não me serve! Se me permite, foi suficiente conhecer a lista de seus amantes para decidir se é mulher para casar ou para passar uma noite, só como diversão! E você, pai, com a ajuda de seus conselheiros, está planejando não só irmos para a cama juntos, mas que ela se torne a mãe de meus filhos, seus netos! Considerou também o deboche de nossos súditos, dos banqueiros e mercadores, sem falar dos capitães, dos cavaleiros e das tropas de soldados?"

"Claro, claro, por que não acrescenta também os contadores de história, os bufões e os clientes das tabernas entre seus admiradores? Olha, diferentemente de você, eu me preocupei em conhecer um pouco mais de perto aquela senhora que você trata como meretriz. E escrevi a ela, convidando-a para um encontro. Depois de alguns dias recebi uma carta dela que eu acreditava ser a resposta, mas tinha sido enviada um dia antes de eu escrever. E o que me dizia Lucrécia? Que desejava me encontrar, se fosse possível em segredo. E assim, eu, para que tudo ficasse incógnito, fui pessoalmente visitá-la em Nepi, no fundo da Úmbria. E conversei com ela. O dia inteiro."

"De que falaram?"

"Na verdade, eu acima de tudo escutei, foi ela que sustentou a maior parte do diálogo. Começou declarando: 'Vou confessar, Excelência, que esse projeto matrimonial não consegue me envolver com clareza, justamente porque começa desconexo. E se me permitir, a parte aleijada sou eu'."

"Que bom", comenta com sarcasmo Afonso d'Este.

"Me deixa continuar. Lucrécia prossegue: 'Represento para cada pessoa uma personagem enviesada, carregada de partes obscuras, mas que para mim são sinais de uma dor devastadora. Vivi uma condição que me levou mais de uma vez a querer parar de viver. Em poucas palavras, entrei no monastério decidida a ficar lá para sempre. Mas depois descobri que não me bastava a oração nem as penitências para reencontrar o equilíbrio. Odiei com furor todos os membros de minha família. Mais tarde, um destino festivo me levou a conhecer um jovem homem de dezessete anos. Eu tinha um ano a mais. Nos amamos como se estivéssemos dentro de uma loucura. Acredito que um encantamento dessa natureza aconteça apenas uma vez na vida e possa nos bastar para sempre'. Interrompeu-se, aguardando minhas palavras, que com esforço consegui pronunciar: 'Estou surpreso, senhora', admiti. 'Não esperava encontrar uma criatura capaz de sinceridade e transparência como a senhora demonstrou possuir. Portanto, querendo ficar no clima que a senhora soube me propor, vou confessar que, por minha vez, estou condicionado pela minha gente, entendo minha família, que infelizmente está deitada sobre a crença nos clichês e nas fofocas mais ordinárias e grosseiras. É difícil, com esse pano de fundo, mover-se com simplicidade e coragem, subvertendo todos os costumes. O lugar-comum e constante é sempre: 'Que vantagem há nisso? O que vai para seu bolso? E como se esquivar da tentativa do proponente, que tenta de qualquer modo trapacear e ficar com toda a grana?'. 'Sim. É o mesmo que acontece comigo em cada ocasião séria e determinante. Também aqui, como o senhor, carrego nas costas meu alforje recheado de espertezas acumuladas juntamente com a trapaça. Poderia descrever algumas delas. E no momento em que, sem adulação, me encontro diante de um homem verdadeiramente nobre de alma e de cultura, não posso deixar de esclarecer alguns momentos escondidos dessa contratação. Primeiramente, o santo padre, que por acaso é meu... pai, está apostando tudo para que, graças ao senhor, à sua reputação de homem que tem demonstrado visivelmente saber gerenciar uma cidade com tal sabedoria que a tornou, aos olhos de todos, uma obra-prima, graças ao senhor dizia, ao fato de que me aceita em sua família, eu consiga ser vista por todo mundo como uma mulher completamente nova.' 'A senhora tem o poder, querida Lucrécia, de me comover.'"

"Daqui a pouco, se continuar assim, começo a chorar e me jogo no chão!", zomba Afonso, fingindo secar os olhos com a manga do casaco.

"Afonso, guarde suas gozações. Daqui a pouco, se tiver a paciência de me escutar, vai ter que secar seus olhos de verdade. E a boca também."

O jovem d'Este se cala, e o pai recomeça com as palavras de Lucrécia: "'Mas, para terminar, tem ainda algumas reviravoltas que preciso esclarecer totalmente. No jargão das enganações, são definidas como chantagens.' 'E que chantagens seriam essas?' 'A primeira, induzir o senhor, querido duque, queira ou não, a aceitar esse casamento, correndo o risco, se recusar, de se encontrar em uma situação difícil.' 'Que seria...?' 'Por exemplo, surpreendê-lo repentinamente com a comunicação de que o contrato que lhe permite governar o ducado de Ferrara está irrevogavelmente suspenso. Não esqueça que tudo depende do pontífice, que, do dia para a noite, sem aviso prévio, tem o poder de decidir como quiser, se vai desdizer ou renovar.' 'Eu sei. É um preço que desde sempre paira sobre minha cabeça.' 'Além disso, se não estiver errada, o senhor tinha um acordo com o rei da

França para casar seu filho Afonso com a duquesa de Angoulême, certo?' 'Sim, isso mesmo. Na verdade, ainda estamos discutindo; aliás, as tratativas estão bem encaminhadas.' 'Infelizmente preciso revelar, meu bom senhor, que suas tratativas estão anuladas.' 'O quê? O que houve?' 'Alguma coisa que conheço bem, já que essas variantes têm sempre condicionado minha vida: para o senhor, há alguns dias, as alianças mudaram. O rei Luís da França concluiu com a Espanha um tratado de divisão do reino de Nápoles e, agora, pode finalmente descer com seu exército para tomar posse. E, uma vez que a estrada de Paris a Nápoles passa forçosamente por Roma, o rei precisa da permissão de meu pai para atravessar os Estados pontifícios com suas tropas. Por isso, de imediato, o rei Luís não pode dar-se ao luxo de desapontar o papa, que pede ao senhor que anule o compromisso de casar seu primogênito com a duquesa de Angoulême e, no lugar dela, me aceite como sua nora'".

A essa altura, o duque se volta para o filho, que ficou perplexo, e, cheio de ironia, lhe diz: "Bom, agora você pode começar a rir!".

"Mas como, em poucas palavras, ela veio pessoalmente para te chantagear e te avisar que está encurralado por todos os lados e não tem outra opção senão aceitar tudo aquilo que o pontífice tem na alma realizar!"

"Mas você não entendeu nada mesmo! Está distraído ou não é capaz de ler os fatos? Lucrécia me revelou um projeto que deveria ficar secreto. O que nos dá a possibilidade de enfrentar as imposições do papa com uma vantagem a mais. Quero dizer que agora tenho tempo para me preparar e encontrar, se não uma saída, pelo menos a maneira de obter garantias com relação ao nosso direito de permanecermos os duques desta cidade e, especialmente, mantermos boas relações com o rei da França e, por que não, também com a Igreja. Mas fazendo nosso pontífice pagar em dinheiro vivo por sua cobiça!"

O teste para papisa

Alexandre VI, para demonstrar todo o amor que sentia por Lucrécia, ideou um verdadeiro espetáculo no qual o papel criado para a moça trouxesse a ela grande prestígio. Uma encenação que poderia também se revelar um desastre, já que a plateia que primeiro deveria ter dado ou recusado o consentimento estava repleta de bispos e cardeais, famosos naquele tempo por destruírem, com escárnio e calúnias, até homens de grande poder. O papa, com a desculpa de ter que se deslocar para o baixo Lácio, para resolver um difícil problema de posses com o auxílio de um exército que ele teria comandado, decidira abandonar Roma por quase um mês. Como responsável digna para conduzir e controlar o governo do Vaticano em sua ausência, papa Alexandre tinha pensado em Lucrécia. Uma mulher no trono papal. Além do mais, sua filha. Pode-se bem imaginar que, em uma cidade como Roma, ainda mais habitada por romanos, apesar de estes estarem acostumados com tudo o que pode acontecer neste mundo e também no inferno, uma decisão dessas não poderia senão despertar estupor e, especialmente, uma sarcástica curiosidade com relação aos resultados.

Na primeira sessão do consistório, Lucrécia poderia decidir se apresentar com roupa humilde e singela, ou vestida como quando participava de eventos sociais. Mas decidiu aparecer usando um vestido inusitado, todo bordado em ouro reluzente e adornado aqui e acolá com pedras preciosas e de grande valor.

Saudou os prelados espantados e tirou alguns papéis de uma pasta: "É uma carta". Deixando de lado o cerimonial habitual Lucrécia, a Vicária, como era chamada, entra logo no assunto e, dirigindo-se ao conjunto dos cardeais, começa a falar com voz passional e timbre firme: "Alguns dias atrás, em Lombardia, entre o lago Maggiore e o lago de Como, morreu uma mulher famosa em todo o vale do Pó. Não era de família nobre, ao contrário, suas origens são as de uma camponesa analfabeta que, ainda jovem, fugiu da casa dos pais, situada em uma vila chamada Quinta dos Pobres. Como acontece muitas vezes e em muitas famílias de todos os continentes, o pai praticava violência constante contra a moça. Espancava-a repetidamente. Um dia, a coitada se viu com um braço quebrado e um olho muito inchado. A fim de ser socorrida, alcançou, caminhando por um dia inteiro, o cume do Sacro Monte, uma elevação situada entre as montanhas de Varese. Ali, nos limites da floresta, todo mundo sabia que vivia uma eremita conhecida como uma prodigiosa conserta-ossos. A essa altura, é necessário que eu passe a ler o resto da carta que conta sobre essa pobre moça", e Lucrécia mostra a correspondência. "É a abadessa do mosteiro do Monte Sacro que fala: 'As mãos da eremita conserta-ossos foram verdadeiramente milagrosas. A moça, de nome Juliana, durante a convalescença tinha decidido ficar para fazer companhia à conserta-ossos. Assim, ficou morando em um autêntico mosteiro abandonado há muito tempo.

"'Na entrada, ainda havia a clássica roda para as oferendas, uma daquelas que ficam no frontão dos mosteiros. Aquela roda, que oferecia comida, água e até roupa, girava sem parar.

"'Uma manhã, Juliana, como fazia pontualmente, estava se preparando para colocar ovos, leite e pão recém-assado na roda para os pobres famintos e... Surpresa!: girando-a, aparece, na cesta das doações, um bebê. Ofereceram-no às mulheres do vilarejo para que o criassem, mas elas já tinham que alimentar os seus. Todos sabem: cada uma das mulheres daquele vale só têm duas mamas. Assim, a habitação teve um hóspede não previsto, mas muito amado por pelo menos vinte mães – pois até tal número tinham chegado as mulheres fugidas da violência. Os pedidos de ajuda cresceram rapidamente. Todos sabem que a coisa mais fácil neste mundo é achar necessitados para socorrer, e quem vai girar a roda espera sempre receber um presente para sobreviver. Assim, todas aquelas mulheres unidas, que as pessoas estavam já chamando de "as Monjas do Bom Socorro", tiveram que aprender a produzir comida, tecidos para cobertores e roupas e a conhecer as orações e os cantos a serem realizados para tornar menos penoso usar a enxada, ordenhar animais e remar quando iam pescar nos lagos e rios. A fama das duas mulheres fundadoras daquele Bom Socorro se tornou grande no vale, e em todas as montanhas em torno, pelos cuidados que prestavam aos inválidos e aos doentes. Mas não bastava uma médica conserta-ossos para tantos pedidos. Por isso, eis que foram se oferecer outras médicas e conserta-tudo. Mas todos sabem que, quando algumas pessoas simples e muito generosas conseguem derrubar as barreiras da avidez, eis que, aos montes, os detentores de todos os privilégios, começando por certos grandes prelados, ficam de orelhas em pé e jogam a suspeita de heresia contra qualquer um que produza aquela solidariedade. Por sorte, não apenas os simples e os humildes se rebelaram contra aquela campanha persecutória, como também alguns bispos, apoiados por homens armados de poder e sabedoria. Assim, o mosteiro foi reconhecido pelas autoridades, começando pelo papa Sisto IV, e conseguiu sobreviver e até se ampliar mais ainda.

"'Alguns dias atrás, Juliana, que todos já chamavam "a boa mulher", nos deixou. Não sei que lugar conseguiu arrumar no céu, mas gostaria que vocês, santos homens da cúria de Roma, protegessem essa memória e especialmente permitissem, à comunidade daquele mosteiro, que continue operando para ajudar quem sofre injustiças e violências'."

Finalizada a leitura, a papisa se levanta e propõe: "Devemos uma resposta imediata. E exorto os senhores a concederem uma bula especial que permita às monjas do Bom Socorro gerenciar com absoluta autonomia a própria missão; e, além disso, o direito a ampliar o espaço de intervenção no qual elas possam operar sem limites e vetos de qualquer tipo. Proclamo a votação".

O consenso foi unânime e o resultado, até aplaudido.

Presentes a essa sessão do consistório estavam, entre outros, os delegados de Ferrara. Eles se declararam maravilhados ao descobrir essa momentânea princesa da Igreja rodeada por cardeais que, fascinados, pendiam de seus lábios. Mas, especialmente, estavam incrédulos pelo modo como a jovem, lendo uma correspondência vinda de uma comunidade de mulheres fiéis, cheias de uma extraordinária vontade de se colocar a serviço dos necessitados, conseguira pôr em evidência os reais deveres daqueles sumos ministros. Assim, veio claramente à tona a intenção do papa Alexandre VI. Com essa jogada, ele tinha conseguido demonstrar como Lucrécia possuía, além de um charme incomum, uma inimitável capacidade de segurar o fardo de um governo tão delicado.

A casamenteira de si mesma

Enquanto levava adiante seu compromisso, Lucrécia teve de participar também da disputa com os representantes do duque de Ferrara sobre as cláusulas de seu contrato matrimonial. Na verdade, essa também foi uma grande manobra pensada pelo diretor da casa Bórgia, ou seja, o pai da noiva. O fato de que ela fosse encarregada de conduzir as negociações elevava o peso e o valor da total autonomia de que a jovem senhora podia se gabar. Como vimos, o duque Hércules tinha a intenção de tirar o máximo proveito daquelas núpcias, como havia também sugerido a provável noiva. Embora o papa estivesse bastante empenhado em concluir positivamente o contrato, as exigências do duque de Ferrara eram no mínimo exorbitantes. Pelo sogro eram exigidos nada menos que duzentos mil ducados de dote, mais vários territórios com castelos, privilégios para os filhos menores do duque, além, obviamente, da anulação total do oneroso censo anual que os Estensi eram obrigados a pagar ao papa em troca do direito de governar a cidade, feudo do Vaticano. Nessas tratativas, Lucrécia desempenhava não o papel de contratante a seu favor, mas, descaradamente, em benefício total do futuro sogro e de Afonso d'Este, o noivo.

Dessa maneira, o pontífice, intervindo perto do fim do debate, se viu forçado a condescender, mesmo relutante, aos pedidos do duque de Ferrara. Mas nós, que somos maldosos, estamos totalmente convencidos de que, também nesse caso, tratava-se de uma encenação muito bem elaborada e dirigida por Alexandre VI, o qual, em toda a questão, atuou no papel do especulador recalcitrante que é forçado a ceder diante dos desejos e da elevada influência da filha. Uma atuação que resultou, sem dúvida, vitoriosa.

Assim, em 1º de setembro de 1501, no Palácio Belfiore, em Ferrara, eram celebradas as núpcias *ad verba*, ou seja, na ausência da noiva, que aguardava em Roma os preparativos para a viagem que a levaria para a sua nova moradia em Ferrara, finalmente livre da gestão tanto do pai quanto do irmão inominável.

Nas negociações, ficara verbalmente definido que a noiva não poderia levar com ela Rodrigo, o filhinho de apenas dois anos, que Lucrécia teve com o segundo marido, Afonso. Desnecessário dizer quão profunda era a dor da mãe.

Em 6 de janeiro de 1502, o cortejo que fora buscar a noiva para conduzi-la a Ferrara saiu do Vaticano. Naquele momento, começava a nevar. Bernardo Costabili, um dos enviados de Ferrara, testemunha que "Sua Santidade passava de uma janela a outra do palácio para seguir até o fim, com melancolia, a partida da filha amada".

O cortejo com cavaleiros e mulheres da comitiva a cavalo se põe a caminho. Lucrécia também vai a cavalo, mas não monta seu corcel como amazona, ou seja, de lado na sela, como era costume para as mulheres: em vez disso, está montada e cavalga como os homens.

Por isso, veste calças à moda turca, muito largas, como as mulheres muçulmanas quando viajam nos potros e camelos. A caravana da noiva percorre os quilômetros que levam até Ferrara prevendo um notável número de etapas, seja de noite, seja durante o dia. Tudo para evitar o cansaço excessivo. Por isso, em certas cidades, são previstas pausas de até três dias. Em Foligno, são recebidos por uma sarabanda de homens a cavalo que precedem carros alegóricos com jovens moças que vestem roupas e máscaras alusivas a ninfas e faunos e a divindades como Apolo e Dionísio, às três graças seminuas e Vulcão com Vênus. Todos os personagens recitam e cantam acompanhados por músicos. Aparecem também acrobatas que oscilam pendurados em tirantes que atravessam as avenidas de um prédio a outro. Dão a impressão de que estão caindo, mas todas as vezes provocam aplausos pela destreza com a qual se seguram em balanços que os alcançam no momento certo. Assistimos à cena na qual a noiva é eleita a mais bela entre todas as damas presentes, tanto que um jovem vestido de Páris entrega a ela o almejado prêmio: um pomo de ouro.[24]

A caravana sobe os Apeninos para então descer para Romanha. Na passagem a ser atravessada encontram novamente a neve, o que era totalmente normal naquelas altitudes. Por sorte, está prevista uma parada em Urbino, no palácio dos Montefeltro, onde são recebidos por Elisabetta Gonzaga. Lucrécia fica surpresa por estar sentada no interior da enorme lareira com mais de cinquenta pessoas. Nos últimos dias de janeiro, o cortejo chega a Bolonha, e de lá a noiva alcança o castelo de Bentivoglio. Percorridas as últimas vinte milhas, chegarão a Ferrara.

Lucrécia tinha acabado de subir ao apartamento cedido para ela passar a noite quando ouve um forte barulho vindo da entrada do castelo. Um cavaleiro, incitando o cavalo, se lança pela ponte levadiça no momento em que esta se levantava, correndo o risco de se precipitar na fossa. O insano cavaleiro mascarado, como conta a crônica, se exibe no pátio diante do palácio onde está hospedada a noiva com verdadeiros números de circo equestre, descendo e subindo de novo no cavalo a galope, virando de cabeça para baixo até se segurar abraçado

---

[24] Gregorovius, *Lucrezia Borgia*, p. 226.

ao pescoço do animal para depois, com uma reviravolta, montar novamente no selim. Aos guardas que perguntam, ameaçadores, quem era ele, responde, quase incomodado: "Mas não reconhecem meu casaco e as insígnias? Sou um mensageiro do duque de Ferrara, e trago uma correspondência para a senhora Lucrécia! Façam com que a esplêndida senhora venha até as janelas, por favor!". E faz o cavalo empinar, obrigando-o a se mover apenas sobre as patas traseiras.

Lucrécia, finalmente, aparece na janela e grita: "Que mensagem está me trazendo com tanto barulho?".

E o cavaleiro, detendo o cavalo, que se curva até ficar de joelhos diante dela: "Eu sou a mensagem, sou eu que estou vindo para me doar todo à senhora!".

Dizendo isso, arranca a máscara e o casaco com estrias verticais que o apontavam como mensageiro ducal. E para surpresa de todo mundo, eis que aparece Afonso d'Este pessoalmente. A emoção de Lucrécia é incontornável. Grita ao esposo: "Obrigada, Afonso! Este é o presente mais lindo que já recebi, senhor! Suba até mim, por favor, pode ser a cavalo, se preferir!".

Ficando sozinhos no salão, Lucrécia faz uma reverência, quase roçando o joelho no chão, e exclama: "Permita-me, noivo meu adorado, abraçar e receber o senhor como normalmente é permitido às noivas?".

"Enlouqueceu?", responde Afonso. "Sabe que não é educado conceder carícias antes que tenha transcorrido pelo menos uma noite de amor?" Um momento de consternação depois e Lucrécia, junto com o noivo, explode em gargalhadas. Então Afonso a segura pela cintura e a levanta do chão, oferecendo finalmente seus lábios. Sentam-se a uma mesa para um pequeno lanche. O jovem pede que seja abundante, porque a cavalgada e a emoção de se encontrar a sós com Lucrécia despertou nele um grande apetite. De repente, a noiva muda de assunto: "Tem uma coisa que gostaria mesmo que me explicasse".

"Diga-me, senhora."

"Gostaria de saber o que aconteceu. A que devo essa extraordinária metamorfose? Até algumas horas atrás, estava mais que convencida de que você me desprezava abertamente. Foi-me dito também, por seu pai, que você estava horrorizado pela ideia de tomar como esposa uma mulher desprezível como eu. Agora é como se, por encanto, eu tivesse substituído aquela indigna pessoa que todo mundo apresentara como a filha do demônio!"

"Não se iluda, eu ainda acho que você é a filha de Lúcifer, mas descobri que tenho uma predileção fortíssima por tudo aquilo que provém do inferno."

"Está bem, quer ficar no paradoxo, e isso me diverte, também, mas já que você evita a resposta, vou te dizer a verdadeira razão: antes de tudo, te impressionou que, nas contratações de núpcias, eu estivesse do seu lado e de seu pai."

"Verdade, admito. E depois – continua ele –, tem ainda o detalhe de você ter se preocupado até mesmo com que o Vaticano, por não sei quantos anos, não possa subtrair aos Este a concessão do domínio de Ferrara."

"Fico feliz, só tenho de considerar que, no final das contas, seu amor por mim nasceu apenas por uma questão de interesse econômico."

"Não, ao contrário, o que me chocou completamente foi descobrir como você conseguiu se mover e lidar com as pessoas que estavam ao seu redor."

"Então me viu? Quando?"

"Algumas semanas atrás, na mesma noite em que, com o pontífice, seu pai, você festejava, dançando, o nosso casamento."

"Estava lá?"

"Sim. Como sempre, disfarçado de personagem insólito."

"De quê?"

"De cardeal: usava um par de óculos, um nariz postiço e barba, como um perfeito prelado. Não poderia me reconhecer. Eu me aproximei de você fingindo discorrer com meu par e ouvi suas palavras. Descobri seus olhos, esplêndidos, e seus gestos harmoniosos, e até seu cheiro, encantador."

Falavam e brincavam, e em um segundo já haviam se passado mais de duas horas.[25] O sol está se pondo, e Afonso é obrigado a voltar logo para Ferrara.

"Sinto muito, mas infelizmente não contei a ninguém que estava vindo ao seu encontro e me esqueci até de avisar os servos e os guardas do palácio. A esta altura, devem estar preocupados."

---

[25] Gregorovius, *Lucrezia Borgia*, p. 231-232.

"Tudo bem, desço com você, te levo até o cavalo. Não faz mal, nos veremos amanhã."

Descendo as escadas, Lucrécia pega a mão dele e diz: "Não tem ideia de quanta felicidade me deu com essa sua surpresa! Estou tão feliz que hoje à noite, com certeza, terei muito trabalho para pegar no sono".

La leçon des italiens[26]

Estamos em Ferrara. O que fascina e surpreende nesse período é encontrar os mais extraordinários personagens da história, da ciência e da arte universal, todos em plena atividade no interior das cortes italianas e europeias. Rafael, Hércules d'Este, Ariosto, Leonardo, Bembo, a própria Lucrécia, Copérnico, Michelangelo, só para citar alguns, agem todos no tempo do Humanismo e do Renascimento, muitas vezes se conhecem, se odeiam, se amam e produzem, na união de suas personalidades e energias criativas, o momento talvez mais alto e irrepetível da cultura italiana.

Ferrara, nesse contexto, oferece um quadro no mínimo surpreendente. Governada, como constatamos, por uma das dinastias mais iluminadas da Itália, bem naqueles últimos anos decidiu se renovar completamente. O duque Hércules, de fato, estava realizando um projeto que teria elevado Ferrara até a meta de cidade ideal, sonho, naquele tempo, de todas as comunidades criativas em toda a Europa. Tratava-se de duplicar literalmente as dimensões da cidade, com o acréscimo de uma Ferrara a mais, construída segundo os princípios de racionalidade e equilíbrio típicos do Renascimento de Biagio Rossetti, talvez o maior entre todos os urbanistas daquele tempo. Ele tinha concebido uma cidade que, especialmente naquele momento, era irreconhecível para Lucrécia, que a tinha visitado anos antes, quase em segredo, com seu esposo Giovanni Sforza. Cada habitação, campanário, palácio ou casa recém-construídos eram frutos de um projeto rigidamente arquitetônico. Nada era aleatório.

No dia seguinte, acordando no Castelo dos Bentivoglio, Lucrécia se deleita com uma surpresa. Chegaria a Ferrara não mais a cavalo,

---

[26] "A lição dos italianos", em francês no original. (N.E.)

mas navegando em um *bragozzo*, uma barca levada pela correnteza do canal que liga Bolonha ao rio Pó. Finalmente poderia evitar o cansaço e as sacudidas e gozar tranquila de uma esplêndida paisagem branca da neve que cobria todas as coisas. O reflexo da luz sobre aquele manto cândido dava à cor azul de seus olhos uma intensidade encantadora. Maravilhado, seu marido deu-se conta disso quando, depois da entrada triunfal na cidade, conseguiu finalmente ficar a sós com a esposa. Chegaram a cavalo ao Castelo Velho e entraram no imenso átrio ornamentado por fileiras de colunas monumentais: "Deus, que deslumbramento de luz seus olhos emanam!", exclamou Afonso. "De onde vem esse seu encantamento?" E ela, prontamente: "Ora! É um velho truque que nós, bruxas, temos como dom, fizeram bem em não limpar todo o pátio da brancura da neve, assim posso continuar com meus efeitos!".

Alguns carregadores precediam os noivos, levando nas costas bolsas e baús da nova e esplêndida inquilina. Para que pudessem ficar absolutamente tranquilos, o duque tinha liberado o andar normalmente reservado a ele. Diante do portal que dava no grande quarto de dormir, a senhora não conseguiu segurar um "Oh!" maravilhado. No centro do aposento se elevava uma enorme construção de madeira pintada com figuras esmaltadas. Afonso fez um gesto amplo na direção de quatro empregados que, simultaneamente, puxaram algumas cordas, e toda a construção se abriu de todos os lados, mostrando um leito decorado com véus que, por sua vez, desapareceram como cortinas de teatro.

Lucrécia exclamou: "E depois sou eu a culpada pelas mágicas! É maravilhoso! E nós conseguiremos dormir dentro desta arca de Noé?".

"É, parece mesmo a arca de Noé! Só falta a embarcação. E puxando aquelas cordas, tudo se fechará de novo ao nosso redor, como em um ninho de amor."

É por fora que se pode adivinhar o interior, tanto dos homens quanto dos palácios

A partir daquele dia, os dois jovens passaram juntos todas as noites, com grande satisfação do papa e, especialmente, dos Este, que esperavam ansiosos pelo nascimento de um herdeiro. Mas por mais que a vida com o novo esposo a enchesse de felicidade, Lucrécia tinha desejo de explorar aquele território, que conhecera rapidamente, encantada, na época em que estava refugiada no mosteiro em reconstrução. Pediu, portanto, permissão ao sogro para visitar as famosas residências de campo dos Estensi, chamadas "as delícias". Hércules demonstrava uma cortesia inimaginável para com ela. Alguns personagens próximos da corte sustentavam que o duque tinha literalmente perdido a cabeça pela jovem, tanto que chegou a declarar publicamente que se seu filho Afonso tivesse recusado casar com Lucrécia, de 22 anos, ele teria se casado com ela de bom grado. Recebendo de Hércules não apenas o consentimento, mas uma companhia formada por artistas e historiadores para serem seus guias, a dama transcorreu muitos dias passando de um palácio rural a outro, inclusive os castelos em encostas sobre o mar e as ilhas no estuário do rio Pó.

Afonso se ressentia daquelas ausências frequentes. Já não conseguia mais ficar longe de sua fascinante esposa. Um dia, ele não resiste e, pegando um cavalo, parte no amanhecer para alcançá-la na residência de Belriguardo. Quando chega à fazenda de troca para mandar ferrar um casco do seu cavalo que tinha se desprendido, o ferreiro logo o recebe dizendo: "Bem-vindo à minha forja, excelência! Como está sua bela senhora? Melhorou?".

"Por que me pergunta isso?"

"É que, senhor, ela passou por aqui antes de ontem, no máximo, deitada em uma carroça por causa de uma queda."

"Caiu do cavalo?! Quando? Onde?"

"A apenas duas milhas daqui, não sabia? Mas não era nada de grave. Como bem sabe, nós, ferreiros, temos certa familiaridade com ossos e, pelo que pude constatar, tenho certeza de que não tem nada quebrado."

"Onde encontro uma hospedaria, uma taverna, aqui perto?"

"Não precisa ir longe, aqui atrás tem uma, gerenciada por minha irmã. Foi ela que a medicou."

"E você tem óleo de linhaça e algum outro composto para massagens?"

"Claro, acompanho o senhor, se quiser."

Depois de uma hora chegam ao castelo onde Lucrécia repousa. Abrindo a porta do quarto, na penumbra, Afonso a encontra na cama, profundamente adormecida. Evitando fazer barulho, aproxima-se e, curvando-se sobre a esposa, está para beijá-la quando Lucrécia acorda com um gemido e, dando-se conta da situação, murmura tristemente: "Meu amor, me perdoe, mas não posso nem mesmo te tocar de leve com os lábios".

Afonso replica: "Não me diga que bateu o rosto também!".

"Sim, sou toda hematomas, infelizmente, começando pelo nariz; a boca está inchada. Dá para ouvir que quase não consigo falar? Quem te contou que caí?"

"O irmão da mulher que te medicou."

"O ferreiro?"

"Sim, me disse também que muito provavelmente você não tem nada de grave."

"Pode ser, mas estou cheia de dores em todo o corpo, e me dói até respirar e fechar os olhos."

O namorado abaixa a cabeça e fica em silêncio.

Finalmente, diz: "Infelizmente, em toda esta região não é possível encontrar um médico que possa te curar. Quer que te ajude a tirar a camisola? Se confiar em mim, creio que posso fazer alguma coisa".

Lucrécia se retrai, apavorada: "Por favor, Afonso, vai doer demais se me tocar!".

"Mas te tocar é o único modo de te ajudar a ficar melhor", replica ele. "Sou admirado na corte e também fora dela como cavaleiro inconsciente e imprudente. Quebrei mais ossos do que o necessário em tombos incríveis, e assim aprendi à minha custa a me curar e a ajudar também outras pessoas machucadas. Tenho comigo óleo de linhaça e outros medicamentos. Tenha confiança, não vou te machucar."

Assim, Lucrécia decide confiar nas mãos dele. Afonso tira a camisola dela e espalha o óleo com delicadeza extrema, começando pelas costas. Ela segura as lamentações mas de vez em quando implora: "Mais suave, por favor! Ai! Não aguento!".

"Resista por um segundo, tente ficar de bruços."

Ela geme, dá alguns gritos, mas aos poucos as queixas diminuem e Lucrécia começa a respirar mais tranquila. Às vezes não consegue segurá-las, e Afonso sussurra: "Se quiser, paro...".

"Não, não, por caridade, eu consigo, sinto que me faz bem, aliás, me dá prazer, continua. Sinto sempre menos dor. Te quero bem. Espalha mais óleo... Sim, ali também... Deus, que esplêndida coisa me deixar acariciar por você! É como sair do inferno para voltar ao purgatório. Continua, daqui a pouco estarei no paraíso."

As tempestades do fantástico

Uma das paixões verdadeiramente irrefreáveis que Lucrécia não podia esconder era a sua pela poesia, pelos contos fantásticos e, especialmente, pela pintura. Adorava particularmente as histórias que representavam o natural transformado no absurdo. Aquele era o tempo em que chegavam de Flandres pinturas sobre tela nas quais Bosch representava momentos trágicos e jocosos em contraponto, como o incêndio do vilarejo, com homens e mulheres aterrorizados que, muitas vezes nus, fogem entre as chamas, tendo ao lado o jardim das delícias, uma espécie de Éden carregado de festivas cenas de erotismo sutil e de conto de fadas.

Em Ferrara também, no Palácio Schifanoia, estavam pintadas nas paredes histórias de argumento muito similar, nas quais se via desfilar os carros alegóricos dedicados às estações, com divindades famosas entre as quais pairava Vênus, e ao redor se notavam coelhos brancos machos e fêmeas que se perseguiam, desejosos, na busca de amplexos desvairados. Não se agitavam menos rapazes e moças de vestidos elegantes que se provocavam com abraços e beijinhos furtivos. Alguns homens tendiam à fornicação mais descarada, enfiando as mãos entre as roupas das moças. De repente, grande parte da parede é invadida por crianças. Algumas delas são recém-saídas do forno para o mundo, riem e choram, engatinham e correm, enfim, é a apoteose da primavera. E é ali mesmo, diante daquela pintura transbordante de prazer vital, que Lucrécia se sente tomada por quenturas violentas, fica tonta a ponto de cair no chão, amparada, por sorte, por uma das damas de companhia, que, em coro, exclamam: "Viva! A nossa senhora está grávida!".

À noite, na casa d'Este, se faz uma grande festa. Está para nascer, finalmente, o herdeiro ao trono. O mais feliz é sem dúvida Hércules, o duque. Mas não menos está Afonso, que recebe felicitações de toda a corte e dos amigos, entre os quais, infalivelmente, tem o espirituoso, que faz alusões obscenas que levam ao riso apenas os mais grosseiros entre os convidados. Durante a festa, Lucrécia, abraçando o esposo, sussurra: "Queria festejar esse evento voltando à nossa primeira noite", e Afonso, com ternura: "Não vai acreditar, mas queria te pedir o mesmo presente".

E em uníssono, gritam: "A arca de Noé!".

Todos se voltam surpresos para os dois enamorados.

Nunca emprestar os canhões a quem pode usá-los para atirar em você

Na narração desses fatos, nos esquecemos quase completamente de César, o Valentino. Será que se atenuaram suas ambições guerreiras? Mas nem sonhando! Bem no dia em que Lucrécia festeja o quarto mês de gravidez, chega a Ferrara a notícia de um acontecimento no mínimo espantoso. César, que continua com seu projeto de conquistar, pedaço por pedaço, a Romanha e seu entorno, convenceu Guidobaldo da Montefeltro a lhe entregar a artilharia concedida ao exército de Urbino, com as quais Bórgia pretende atacar a cidade de Camerino. Guidobaldo reluta, mas depois aceita na esperança de obter, desse modo, o favor do papa. Mas, em 20 de junho de 1502, César usa aquelas armas para atacar a própria Urbino. O desventurado Guidobaldo tem apenas o tempo de fugir. Escrevendo ao cardeal Giuliano della Rovere, comenta, estarrecido: "Salvei minha vida, meu gibão e a camisa. Nunca tinha visto uma ingratidão como essa, um comportamento de pirata".[27]

Lucrécia, desesperada, comenta: "Que vergonha! Trair assim, despudoradamente, um amigo que te oferece suas melhores armas

---

[27] Geneviève Chastenet, *Lucrezia Borgia* (Milano: Mondadori, 1995, p. 228-229).

para depois você apontá-las para a sua cara! Que justificativa pode se esperar de um bandido como esse?". Mas as infâmias do Valentino não terminam aqui. Alguns dias depois é encontrado no Tibre o corpo sem vida de Astorre Manfredi, senhor de Faença, que tinha sido colocado por César na prisão, no Castelo Santo Ângelo, depois da conquista da cidade. Todo mundo pensou imediatamente no filho do pontífice.

Essa avalanche de atrocidades, junto com o calor úmido que paira sobre os campos em torno de Ferrara, enfraquecem perigosamente a saúde de Lucrécia. Ela então se muda para a cidade, para o Palácio de Belfiore, em busca de um clima mais saudável, mas a desventura a atinge ali também. Em meados de julho, irrompe em Ferrara uma desastrosa epidemia de febre, e Lucrécia é contagiada. Começam a temer pela sua vida, e é bem nesse momento que chega inesperadamente, para visitá-la, seu terrível irmão.

Naquela noite, atrás da porta do quarto de Lucrécia, ouve-se a voz dela gritando para César insultos ferozes em valenciano incompreensível. Ninguém sabe o que eles falaram; a única certeza é que essa visita deu o golpe de misericórdia. Na noite de 5 de setembro, entre sofrimentos atrozes que a obrigam a fugir da cama, Lucrécia dá à luz uma menina morta.

A consternação de Hércules e de toda a cidade, que já se preparava para as celebrações, é enorme. Mas quem perde totalmente a razão é Afonso. Uma noite, enquanto Lucrécia repousa entre os lençóis, esgotada pelas dores, o filho do duque abre com ímpeto a porta e, sem dizer palavra, senta-se ao lado da cama dela, olhando para a janela. Lucrécia, estonteada pela febre, percebe apenas a presença do marido e lhe pede com um fio de voz: "Por favor, troca a compressa molhada, me sinto arder, não aguento mais".

Sempre em silêncio, Afonso estica um braço, pega o pano, joga-o em uma bacia cheia de água fria e o deixa cair com indiferença na testa da esposa, de modo que a água fria escorrega por seus ombros e pescoço.

Lucrécia se mexe e diz, chateada: "O que é isso? O que está fazendo?".

Afonso não profere palavra alguma e senta de novo.

Ela insiste: "O que você tem? Não quer responder? Por que está fazendo isso, afinal?".

Afonso se vira para ela e diz, curto e grosso: "Nada".

"Como, nada?", replica Lucrécia com tom ofendido. "E por que está sendo tão grosso comigo?"

Afonso a olha e diz sem rodeios: "Falei que não é nada, me deixa em paz".

Ela, com um esforço raivoso, senta-se na cama: "Vou te dizer o que você tem. Me detesta porque ainda não consegui te dar um filho. O que acha, sei muito bem que tem medo de que, sem um herdeiro, na morte de teu pai teus irmãos te expulsem do trono! É essa a única coisa que te interessa!".

Afonso então se levanta rapidamente e grita com ímpeto: "Não é verdade! Como pode pensar uma coisa dessas? E, ainda por cima, você é certamente a última que pode querer gritar alguma coisa na cara dos outros!".

"O que quer dizer com isso?"

"Melhor para você se eu ficar calado, acredite!"

"Não, quero que fale!"

"Me deixe em paz, Lucrécia!"

"Fale, de uma vez por todas."

"Tá bom, foi você que quis." Afonso se planta na frente dela e, com uma risada amarga, diz: "Eu tinha até falado para o meu pai que não poderia achar alguém pior que você, mas ele já estava sob o seu encantamento, e depois eu também acabei caindo. Que estúpido! Tive até compaixão por você, me dizia: 'Pobre Lucrécia, sempre foi usada pelo pai, sofreu todo tipo de humilhação e, além disso, as más-línguas dizem também que é um monstro, uma envenenadora, uma prostituta'. Mas era tudo verdade! Tudo!".

Lucrécia o interrompe, abalada: "Você é louco! Do que está falando, Afonso?".

"Vou falar apenas um nome: Pedro Calderón, ou Perotto, se preferir. Tenho certeza de que o chamava assim na cama!"

Lucrécia o fixa de olhos arregalados, abre a boca para falar mas não sai uma palavra.

Afonso continua: "Então, agora é a sua vez, não tem nada a dizer? Ou talvez tenha um branco na memória? É, imagino que quando se troca de amante todo dia, fica difícil lembrar-se de todos. Mas não se preocupe, vou refrescar tua memória". E com um sorriso sarcástico e desesperado, continua: "Porém, é estranho, passaram-se apenas quatro anos! Que fim horrível! Um servo fiel da casa Bórgia, como ele, um íntimo da família, pode-se dizer, encontrado morto no Tibre! Quem sabe o que deve ter aprontado para merecer uma punição como essa!".

Lucrécia tampa a boca de Afonso com a mão, dizendo: "Por favor, por favor, não diga mais nada, eu juro…", mas ele a empurra para trás na cama e continua: "Não! Você não quis que eu falasse? Agora vai ouvir, e quero ver o que terá coragem de replicar! No fundo, te entendo, te forçaram a se separar de seu primeiro marido, você merecia uma pequena satisfação! Contudo, poderiam tomar mais cuidado! Nada de mais pegar um servo para diversão, mas quando o resultado disso é um filho, o negócio se complica… Então se fizeram ajudar por outra serva fiel, como se chamava? Lembrei, Pantasilea! E, por acaso a encontram, ela também, no Tibre! Vocês são mesmo uma raça de assassinos de profissão!".

Como no teatro em voga naquele tempo, a essa altura não resta senão baixar a cortina e mudar de cena: no Palácio dos Diamantes, o duque Hércules está discutindo com seus conselheiros.

"As ações predatórias do duque Valentino – diz – são cada vez mais preocupantes. Nós não sabemos qual é a melhor posição a ser assumida nessa circunstância."

"Se o filho do pontífice continuar assim – comenta um delegado –, o equilíbrio da Itália corre o risco de ficar comprometido."

"É verdade – intervém outro –, mas não esqueçam que não podemos intervir de nenhuma maneira, uma vez que a irmã do Valentino é a esposa de sua excelência, dom Afonso."

Bem naquele momento, Lucrécia entra na sala do conselho. Com o rosto muito pálido, dirige um olhar ao duque e murmura: "Por favor, senhor, preciso lhe falar. Por favor".

Todos os conselheiros ficam de pé, estupefatos, e se voltam para Hércules, que, depois de alguns segundos de indecisão, diz a seus ministros: "Senhores, o conselho recomeçará hoje à noite, podem retirar-se".

Imediatamente, em meio a um confuso burburinho, o aposento se esvazia, deixando Lucrécia e o sogro sozinhos. Ela avança, põe uma mão no ombro dele e finalmente se senta, com um profundo suspiro.

"O que a senhora tem, Lucrécia?", pergunta preocupado o duque Hércules.

"Meu bom senhor – começa ela –, eu não posso mais ficar em Ferrara, preciso ir embora."

Hércules a fixa, incrédulo, e se senta ao lado dela em silêncio, esperando. Lucrécia prossegue: "Seu filho me demonstrou um desrespeito que não admite resposta".

"Mas quando aconteceu? O que está dizendo?", balbucia o sogro.

"A verdade. Meu marido ontem me dirigiu terríveis acusações, e eu não repliquei, fiquei calada."

"Mas do que está falando?", pergunta Hércules confuso. "Seja mais precisa!"

"Inútil que repita ao senhor as palavras dele, tenho a certeza de que seus informantes, faz tempo, contaram também ao senhor aquelas insinuações. Afinal, não faz diferença, já falaram tanto de mim..."

"Não pode se comportar assim, Lucrécia!", interrompe Hércules. "Explique-se, enfim!"

Lucrécia segura as mãos do sogro e começa: "Trata-se daquela horrenda história de meu presumido amante achado morto no Tibre e de um meu filho secreto que meu pai teria reconhecido, não me diga que já não tinha ouvido falar...".

O duque baixa os olhos, quase com ar culpado, Lucrécia continua: "Não tem importância, senhor, sabe há quantos anos se fala sobre mim...".

"Mas por qual motivo não replicou nada? Desse modo, quase parece que quer confirmar esses horrendos boatos!"

"Não serviria, meu senhor, essas histórias foram repetidas tantas vezes que já é como se tivessem substituído a verdade. E seu filho nunca teria acreditado em mim, transtornado e desesperado como se encontra. Entendo-o. Afonso fez de tudo para me amar, tentou apagar cada mentira, mas o bordão contínuo da calúnia vence sempre."

"Espere antes de tomar decisões drásticas. Entendo que esteja ofendida..."

"Não estou ofendida, apenas desesperada."

"Escute, filha, eu conheço bem meu filho, sua mãe faltou muito cedo, portanto tive que substituí-la também nisso. Aprendi a ler cada estado de espírito somente olhando para ele, e lhe confesso que Afonso está não digo apaixonado por você, mas, mais do que isso, ele te adora. Mas sabendo também como ele raciocina, eu lhe aconselharia deixar que aconteça como ao vinho quando é colocado no barril: agora está fervendo, vamos aguardar que se acalme novamente. E mais tarde, tenha certeza, ele voltará a se mostrar para a senhora livre de todo o fermento, apaixonado como antes."

Lucrécia apoia a testa no ombro de Hércules e molha de lágrimas sua roupa. Então, sem mais palavras, vai embora murmurando: "Espero que o senhor seja meu adivinho".

Escrever palavras para o encantamento

Voltando para o palácio, a jovem senhora reúne todas as suas damas e pergunta se seria do agrado delas que se organizasse uma noitada na qual, juntas, lessem alguns trechos dos poemas que em grande quantidade são produzidos em Ferrara. Uma delas, com ar atrevido, propõe: "Perdoe-me, senhora, mas se fossem os próprios poetas a declamar seus versos?".

"Belíssima ideia!", exclama Lucrécia. "E qual deveria ser, segundo vocês, o tema das composições a serem mostradas?"

E outra mulher sugere logo: "A senhora, dona Lucrécia, seja a senhora o argumento!".

Naquela mesma noite, no Palácio de Belfiore, tem-se uma recepção da qual participam alguns dos melhores literatos da cidade. Lucrécia traja um vestido esplêndido e, na testa, traz um rubi, presente de núpcias do duque Hércules. Entre os participantes se destacam Celio Calcagnini, Nicolau de Correggio e Tebaldeo.

Este último se levanta e anuncia: "Dona Lucrécia, se permitir, vou ler um soneto que Marcelo Filosseno dedica à senhora". O poeta começa: "*Goza Ferrara, pois o céu descerra / bela dádiva em ti, que ao teu cetro provede / locando agora Lucrécia na tua sede, / Lucrécia em que seu bem Natureza cerra*".[28]

Lucrécia, lisonjeada, vagueia entre os convidados, deixando-os à vontade. Todos se declaram fascinados pela jovem senhora. Um deles, com muita dificuldade, tenta se levantar, e para isso se apoia em uma muleta, sem a qual não conseguiria ficar em pé. A senhora se curva, dizendo: "Não se preocupe, não importa que se levante para me cumprimentar".

"Mas eu gostaria também – responde o jovem manco – de dedicar alguns versos à senhora."

"Ora, com muito prazer!" E dizendo isso o ajuda a se levantar.

O poeta começa logo apresentando o argumento: "Este trecho tem um título, 'Por um sorriso'. É este: 'Eu sou remador, empurro meu remo, com outros marinheiros, para que a barca na qual eu trabalho duro atravesse o canal grande. Sobre aquela espécie de Bucentauro sobe um dia uma brigada entre a qual há mulheres graciosas e jovens de alta linhagem. O chefe da brigada pede em voz alta: – Entre vocês, que remam, tem alguém que nos cante alguma coisa enquanto se atravessa? – Eu! – digo logo, me oferecendo. E assim entoo uma balada dedicada a uma das damas, a mais esplendorosa. Ao final, a senhora se aproxima de mim e sorri, comovida, depois desce com os outros viajantes e desaparece. Toda a noite, e outras ainda, aquele sorriso não me deixa dormir. Me aparecia em todo lugar, especialmente quando remava'".

E assim falando, o narrador mexe a muleta como se fosse um remo e recomeça.

"'Basta, não poderia mais ficar naquela barca. Decidi me oferecer como soldado. Um capitão meu amigo estava em Nápoles. Fui até ele, que me alistou no exército do rei. Apenas um mês depois eu já estava em batalha, e o inimigo tinha derrubado as primeiras linhas dos cavaleiros e dos soldados. Chegou bem perto do rei, então eu me

---

[28] *Lucrezia Borgia. Storia e mito* (Firenze: Leo S. Olschki, 2006).

joguei na peleja e, golpeando o agressor, o matei. – Soldado! – gritou o rei. – Devo-te a vida. Sem você e sua espada eu estaria morto. – Depois me abraçou e disse: – Para mim, a partir deste momento é como um filho. Houve uma outra batalha, e eu estava sempre perto do rei. Ganhamos. Eu tinha lutado como um desvairado e assumira o comando no lugar do capitão, que tinha sido morto. O rei me nomeou general, e eu sempre me saí bem. Na última batalha, na planície do Pó, capturamos toda a corte do rei de uma daquelas cidades. E então reconheci a dama do sorriso. Era a rainha. Aproveitei a confusão e a puxei para o meu cavalo. Juntos, fugimos. Em uma das moradas que a dama tinha naquela região, nos amamos por toda a noite. No dia seguinte, voltei para o meu exército e, dois dias depois, soube que minha rainha havia acordado a paz com o rei inimigo, que era o meu rei. Decidiram se casar. O reino estaria mais seguro. Uma noite, e depois tudo apagado. Embarco em um brigue e tenho muito dinheiro comigo. Faço um acordo com o capitão e compro o navio e também o comando. Mas a sorte faz com que nos deparemos com uma embarcação dos sarracenos. A batalha é travada, somos todos feitos prisioneiros, e assim me encontro remando em uma galera, escravo. Empurro o remo ao ritmo de um capataz que marca o tempo e dá chibatadas. Remando, penso: – Mas o que aconteceu, e por quê? E respondo a mim mesmo, sozinho: – Tudo por um sorriso.'"

Eclode um aplauso, e eis que Lucrécia, comovida como a rainha do sorriso, chega perto do narrador e se senta junto dele.

"É sua, essa história? E se for, quando a escreveu?"

"Por que pergunta?"

"Porque eu vi meu irmão nessas batalhas, e no fim a entendi como um presságio. Ele acorrentado, remando."

"Não sei, talvez. Afinal, o personagem do Valentino está na mente de todo mundo, é fácil falar sobre ele. Mas, se me permite, senhora, devo parabenizá-la pela ideia de nos reunirmos aqui nesta noite. Em nome de todos, creio poder dizer que nos sentimos honrados pela sua boa graça."

Lucrécia, lisonjeada, replica: "Agradeço a vocês e gostaria que se tornassem um hábito as noitadas como esta. E me ajudem a escolher pessoas que possam enriquecer esses saraus".

"Não sei se estarei à altura da tarefa que me oferece."

"Se quiser de verdade me agradecer, imploro, conceda-me também sua confiança, não seja tão formal comigo. Vou confessar ao senhor que nunca, como neste momento, precisei tanto de um amigo. Desculpe, ainda não sei seu nome!"

"Vou remediar logo: me chamo Hércules Strozzi. Meu ofício é o de juiz dos doze Sábios, e, como todos os que servem à justiça, tento sair da armadilha do compromisso sendo poeta."

Convite a um banquete para servir féretros

Enquanto isso, o Valentino, que já tiranizava a Romanha, tenta ampliar sempre mais o seu domínio a fim de construir para si um verdadeiro reino no centro da Itália. Suas ambições se estendiam até Bolonha, Siena, Pisa e Lucca. Mas ao seu redor, inevitavelmente, se multiplicavam também aqueles que teriam gostado de vê-lo morto. Entre estes, não estavam apenas seus inimigos declarados, ou seja, os vários senhores que receavam ter o fim de Astorre Manfredi, encontrado morto no Tibre, mas também seus apoiadores mais próximos. Os próprios capitães de Valentino, de fato, estavam preocupadíssimos pelo enorme poder que seu chefe estava acumulando. Como escreveu Maquiavel: "Pareceu a eles que o duque se tornaria demasiado poderoso e que se deveria temer que, uma vez ocupada Bolonha, ele tentasse apagá-los para que ficasse só com seu exército na Itália".[29]

Estes se reúnem então em Magione, na casa do cardeal Giovanni Battista Orsini, para organizar a conjura. Mas, ao tomar conhecimento dessa traição, o Bórgia coloca em campo uma vingança extremamente astuta e terrível.

Finge querer chegar a um acordo com seus capitães rebeldes e os bajula com ofertas de prebendas e vantagens pessoais. Após ter eliminado neles qualquer suspeita, convida todos, em 31 de

---

[29] Nicolau Maquiavel, descrição do modo empregado pelo Duque Valentino ao matar Vitellozzo Vitelli, Oliverotto da Fermo, Signor Pagolo e o Duque de Gravina Orsini.

dezembro de 1502, para um banquete na cidade de Senigália. Afinal, deve-se admitir que o episódio denota um profundo conhecimento histórico por parte do Valentino. De fato, convocar festivamente os próprios inimigos para exterminá-los era uma tática infalível, contada já por Xenofonte, historiador grego, um dos poucos que não participou do banquete oferecido pelos persas aos chefes dos guerreiros helênicos, durante o qual todos os generais convidados foram trucidados.

César vai ao encontro com os ex-conjurados e dirigindo-se a um deles, Vitellozzo Vitelli, diz com um sorriso: "Irmão, como podemos, nós que, juntos, submetemos tantos países, estarmos em desacordo? Eu me esqueci de tudo, venha, me abrace!", e o beija na face em sinal de paz.

Encaminham-se juntos para uma grande sala em que foi colocada uma mesa ricamente repleta de caça e vinho em quantidade.

"Não se esqueça – tinha dito o Valentino ao cozinheiro –, quero que a última ceia deles seja também a melhor que tiveram na vida."

De fato, com todo mundo em seus lugares, o Valentino diz: "Perdoem-me, amigos, mas infelizmente preciso deixá-los por um momento: no quarto aqui ao lado está uma pobre moça que não pode ficar um dia sem que eu a visite! Afinal, como se diz, a melhor refeição na qual afundar os dentes é uma bela fêmea!".

Os capitães caem na gargalhada, e César sai. Imediatamente, irrompe na sala um pelotão de guardas que circundam os convidados abalados. Alguém tenta fugir, mas logo é espetado. Tem início a chacina. Dois dos conjurados são estrangulados por Micheletto Corella, o sicário pessoal de César que matara também o jovem Afonso de Aragão, o segundo marido de Lucrécia. Outros dois, de maneira mais cruel, são mantidos prisioneiros alguns dias, para que tenham uma esperança de salvação, mas depois um deles é esganado e o outro, afogado.

É necessário dizer que, naquele tempo, essa infame proeza de César obteve mais elogios do que indignação. Despertava admiração em todas as pessoas a grande esperteza e a determinação de verdadeiro comandante com que ele se livrara dos rivais. Evidentemente, certas atrocidades, quando favorecem os interesses políticos ou pessoais, podem até ser vistas como dons. Coisas que acontecem, ou melhor, coisas que aconteciam no século dezesseis.

Batendo um papo sobre cadáveres

Estamos na sala maior do palácio onde mora Lucrécia, e as damas de sua comitiva estão preparando a recepção dos convidados. Naquela noite, de fato, são esperados autores de poemas e novelas que vão fazer a leitura de suas obras.

Hércules Strozzi faz as honras de casa na ausência de Lucrécia, que, estranhamente, demora a aparecer.

"Aqui está, finalmente!", exclama uma das damas, indo ao seu encontro.

Pálida, Lucrécia atravessa a sala sem cumprimentar ninguém. Vai se sentar em uma poltrona perto da lareira e leva as mãos ao rosto, desatando em um choro sem fim. Todos os convidados se aproximam dela.

Strozzi se curva sobre ela e pergunta: "O que aconteceu, senhora?".

Lucrécia levanta o rosto, seca os olhos com um lenço, tenta responder mas não consegue pronunciar uma palavra.

Um jovem, afastando com educação alguns convidados, pede: "Deixemos que respire. Eu soube vindo para cá. Era inevitável que se chegasse àquele massacre".

"Mas enfim, senhor Ludovico, de que massacre está falando? Quer nos explicar o que aconteceu?"

"Aconteceu que o Valentino convidou todos os seus capitães para uma ceia em Senigália e depois ordenou a carnificina."

Alguém diz: "Uma chacina?".

"Sim, mas se o duque de Romanha não tivesse intervindo com aquela pronta ferocidade, hoje nós, e especialmente a senhora Lucrécia, teríamos que chorar por ele."

"Ou seja, seus fiéis estavam preparando uma armadilha?"

E outro: "Legítima defesa, então! Mas estão se dando conta do que estão falando? Desculpe, mas quem é o senhor?".

"Me chamo Ariosto, filho de Nicolau."

"Ariosto? E com que título se encontra aqui?"

"Com o mesmo título que você, imagino."

115

Um jovem de bela aparência que está perto de Hércules Strozzi comenta: "Eu tomaria cuidado em julgar assim, por alto, sem antes conhecer inteiramente os fatos".

E Ariosto, prontamente: "Bom, que informações mais gostaria de ter? É uma situação que já aprendemos a conhecer nos últimos anos. Duas frentes se preparam para eliminar uma a outra, o mais rápido faz *tabula rasa*. É uma conclusão quase matemática".

"Certo", replica quase rindo o jovem de bela aparência. "E sendo que a matemática é a ciência do calculável e do previsível, não há de que se maravilhar. Vence quem esganar primeiro. O importante não é o contexto, mas fazer polêmica e demonstrar, até impiedosamente, a força da própria retórica! Como se fossem frutos saborosos que se jogam na mesa onde se almoça, com palavras, cadáveres de mortos matados dizendo que são elementos normais do nosso tempo, aos quais dar espaço aprendendo a conviver com eles. Um morto no almoço, um cadáver durante os jogos, uma blasfêmia no *Sanctus*, já é tudo normal, agora. É estranho que aqui neste magnífico palácio nos encontremos sem um caixão habitado por mortos matados! Sem deixar de lado o particular de que não importa que a esplêndida senhora que nos hospeda esteja vivendo dentro de uma tempestade que a está jogando no desespero mais feroz. Na lógica dos eventos, o fato de que se esteja falando de um parente dela deve ser considerado apenas um acidente casual sobre o qual jogar uma pedra gigante."

Enquanto o jovem dava rédea solta à sua eloquência, Lucrécia tinha se levantado e estava passando perto de seu defensor. Para por um segundo, vira o rosto para ele e pergunta: "Estou errada ou o senhor é Pietro Bembo?".

"Sim, sou eu, senhora."

E ela: "Agradeço por ter levado em conta meu desespero, espero encontrá-lo ainda, senhor", e continua, acompanhada por Strozzi, que se vira quase imediatamente para os convidados e pede que compreendam a situação.

Todo mundo sai.

Bembo vai fazer o mesmo quando Strozzi lhe faz sinal para segui-lo, e um momento depois ele se encontra em um quarto que dá para um vasto balcão.

A senhora está lá fora, ao ar livre.

"Chegue mais perto, senhor, está na sombra e não consigo enxergá-lo bem."

Bembo dá alguns passos e para no meio da sala, um pouco distante de Lucrécia.

"Senhora...", começa a falar depois se cala, fixando-a, incrédulo.

Lucrécia se aproxima, pega a mão dele com um sorriso e diz: "Que belo rapaz tu és, Rafael, põe-me dentro do teu retrato e me segura abraçada. Se não me queres amar, Rafael doce, apaga-me da tua pintura, melhor morrer se não for tua".

Bembo fica confuso. Depois de um longo silêncio, consegue dizer: "Senhora, talvez reconheça em mim outra pessoa...".

"Isso mesmo", ri Lucrécia. "O senhor é tão parecido com Rafael, o pintor, que me fez lembrar esses versos das mulheres romanas dedicados ao mestre. E confesso que a semelhança não lhe favorece."

"Senhora – diz Bembo, saindo do torpor –, a senhora me sequestra da realidade me arrastando no paradoxo fora de qualquer tempo e razão, e isso é tão sublime que gostaria de levá-lo comigo entre os homens e viver sozinho nesse encantamento."

"Mas é incrível... Com que facilidade consegue exprimir imagens tão insólitas!", comenta Lucrécia, como que atordoada. "Volte de novo, assim poderemos continuar nos surpreendendo um ao outro."

Fala de amor e passeia com o claudicante

Hércules Strozzi, apoiando-se em sua muleta, se esforça para acompanhar Bembo, que caminha a passos largos pelas ruas de Ferrara sem enxergar nada ao seu redor. "Tinha me falado de que ela era sublime, adorável! Para que mentir desse jeito para o seu amigo, querido Hércules?"

"Por que mentir?!"

"Vamos! Lucrécia é tão além dessas e de todas as palavras! Você me levou para conhecê-la sem dizer que estava me levando a me equilibrar sobre o fio do impossível diante da beleza absoluta."

"Queria ter comigo uns papéis – brinca Strozzi, parando e tomando fôlego –, porque você está compondo poemas, querido Pietro; pena que estejam em língua vulgar!"

Bembo se vira e fixa o amigo com um sorriso penetrante: "Escute-me, Hércules, aprenda a escrever em vulgar, para que seus versos possam ser lidos por mulheres que têm intelecto de amor[30]".

"Me parece já ter ouvido isso... Enfim, se você diz, amigo, vou tentar. Até porque daqui a alguns dias sou convidado a um baile da senhora Lucrécia no Palácio Belfiore."

"É convidado?", pergunta Bembo. "E eu?"

"O senhor, pelo que intuí – murmura Strozzi –, não precisa mais de convites."

Deixar de sentir desejo seria o pior dos castigos

As salas do Palácio Belfiore, na noite do baile, transbordam de guirlandas e decorações, assim como de elegantíssimos convidados, que parecem estar competindo entre si para serem a dama e o cavalheiro mais amáveis. É 15 de janeiro e, estranhamente, o vento sopra feroz, de modo que, como por encanto, o céu se iluminou e a lua consegue espalhar uma clara luz cor de esmeralda. Strozzi e Bembo estão perto de uma janela, um pouco afastados dos outros.

"Virá?", pergunta finalmente o segundo, em tom quase angustiado.

"Foi ela que nos convidou", responde o primeiro, colocando a mão em seu ombro. "Seria realmente um escárnio se não viesse."

Quase respondendo à chamada do amigo e confidente, Lucrécia, precedida por algumas damas, faz sua entrada na sala. Veste ainda uma capa carmim. Entre os comentários admirados de todos, para no centro e se olha ao redor. No momento em que cruza os olhos com os de Bembo, aproxima-se dele resoluta e lhe oferece a mão, dizendo: "Senhor Pietro, somente o senhor, tenho a certeza, saberá adivinhar qual é o melhor elogio que eu gostaria de receber hoje à noite". Hércules Strozzi olha curioso primeiro para Lucrécia e depois para o amigo, que, lentamente, pega a mão que a dama lhe oferece e a convida a segui-lo.

---

[30] Mulheres que sabem, que entendem o que é o amor. Referência ao verso "Donne ch'avete intelletto d'amore", de Dante Alighieri, em canção sobre sua amada Beatriz. (N.E.)

Chegam a um janelão que dá para o parque. Bembo o abre e diz: "Olhe para cima", e aponta para a lua. "A uma janela a lua despontou, o meu amor se espelha nela, a lua pálida chegou e logo de nuvens se adornou."

"Isso não, é desleal!", exclama Lucrécia. "Como farei para competir com você a partir deste momento?"

"Senhora, acha sensato se expor desse modo ao falatório e às invenções dos malignos?"

"A que está se referindo?", pergunta Lucrécia com ingenuidade fingida.

"Quero dizer – diz Bembo, confuso – honrar de modo tão explícito apenas um de seus convidados, negligenciando todos os outros..." Ela sorri.

"Circulam sobre mim tantas vozes infundadas, posso muito bem deixar que nasçam algumas que tenham pelo menos um fundamento prazeroso..."

"Eu, ao contrário, acredito – acrescenta ele – que as coisas verdadeiramente belas adquirem ainda mais valor se forem mantidas escondidas do mundo."

"Se for assim – responde Lucrécia –, o que está me escondendo o senhor?"

"Senhora, vou precisar de um livro inteiro para narrar o que está me pedindo."

Lucrécia aperta a mão de Bembo e a deixa cair, afastando-se depois na direção dos outros convidados.

Alguns dias depois, no jardim da mansão dos Strozzi, os dois amigos são alcançados por um criado que traz um papel dobrado e selado.

Strozzi apanha a carta, dá uma olhada, depois a entrega a Bembo: "É para o senhor, e me parece adivinhar o remetente". Bembo abre, lê algumas linhas e diz para o amigo: "Conheço já o conteúdo, é um trecho de um poema que Lucrécia me recitou da última vez que a encontrei. Eu o achei tão extraordinário que pedi para enviá-lo por escrito".

Dizendo isso, oferece o papel para Strozzi, acrescentando: "Me faça o favor, leia para mim em voz alta".

O outro aceita, mas logo para: "Está em aragonês".

"Claro, Lope de Estúñiga o escreveu. Leia mesmo sem entender, eu farei a tradução."

O amigo começa: "*Yo pienso si me muriese*".

E Bembo traduz: "Penso que se eu morrer".

Strozzi continua: "*Y con mis males finase desear*".

"E com toda a minha dor parasse de desejar."

"*Tan grande amor fenesciese que todo el mundo quedas sin amar.*"

"Negar um amor tão grande poderia deixar o mundo sem amor."

"*Mas esto considerando mi tarde morir es luego tanto bueno.*"

"Quando penso nisso, o longo hesitar na morte é tudo o que posso desejar."

Strozzi devolve a carta para Bembo. "Amigo – comenta –, nunca vi uma sorte como a sua. Você se dá conta? Usando uma rima de um poeta desconhecido entre nós, Lucrécia lhe declara seu amor, acrescentando que só a morte pode aplacar essa sua paixão desesperada!"

Bater-se como guerreiros camuflados de fantoches

Estamos nos subúrbios de Ferrara, debaixo de uma *barcassa*, um galpão cujo telhado é o casco de uma barca virada. Ali foi montada uma verdadeira academia de armas onde os jovens guerrilheiros se preparam para os duelos a cavalo e no chão, aprendendo estocadas, paradas e investidas ferozes. O barulho está na ordem do dia, com gritos de incitação que fazem pensar em uma investida com confronto feroz. No entanto, cavalos, escudos, lanças e espadas são totalmente de mentira, ou seja, de madeira.

Nesse momento, uma pequena cortina desliza para um lado e aparece Lucrécia, com o rosto quase escondido por um véu. A senhora fica espantada.

"Mas o que é aquilo?!", pergunta ao mestre de armas que a acompanha. "Talvez um carrossel de carnaval com bonecos giratórios?"

"Não, senhora. Dentro daquelas armaduras de bambu entrelaçado há formidáveis lutadores."

"E os cavalos de madeira?"

"Usa-se substituir os de carne e osso, pois a cada aula os verdadeiros corcéis correriam o risco de ficar aleijados ou ser atravessados por uma espada. Mas não se deixe desviar pela representação, que é na verdade uma bufonaria. Aqueles cavaleiros fingidos aprendem mais com essas disputas de fantoche que em um confronto real."

Naquele instante, um cavalo mecânico empurrado e puxado por cordas empina como se estivesse agitado, vira e arremessa o cavaleiro, que cai rodopiando no chão. Quatro serventes correm para levantar o coitado e o põem novamente de pé. Então o arrastam fora da *barcassa*.

"Mas o que aconteceu?", exclama Lucrécia. "Morreu?"

"Não, por sorte era protegido por aquelas coberturas em forma de cesta. Daqui a pouco estará novamente pronto para subir no seu cavalo de madeira. Oh, eis o senhor que estava procurando!"

"Quem é, aquele que está vindo para cá coberto por uma cesta da cabeça aos pés?"

"Sim, aquele, foi ele que derrubou do cavalo o próprio rival, há pouco", e assim falando, curva-se para a dama e vai embora.

O boneco móvel chega perto da senhora e, com garbo, a empurra para trás da cortina, onde há um depósito de lanças e espadas de madeira, e fecha a porta. Então tira a máscara de bambu entrelaçado, e surge o rosto de Pietro Bembo.

"Senhora!", diz, olhando ao redor com agitação. "Que louca imprudência a trouxe aqui, sozinha, durante o dia?!"

"Eu sei, Pietro querido, tem razão, mas não conseguia mais esperar!"

Bembo deixa escapar um sorriso, mas insiste: "Lucrécia, não pode arriscar a se comprometer desse modo, nós somos controlados, espionados em cada momento, até agora...", e olha ao redor. "Tem certeza de que ninguém a seguiu?"

"Fique tranquilo, eu..."

"Não posso ficar tranquilo, seria faltar ao meu dever com a senhora."

"Mas eu lhe escrevi, esperei dias inteiros sem receber resposta, estava preocupada!"

"Fale baixo, senhora, eu imploro!"

"Mas de quem está com medo? Aqui ninguém nos ouve, parecem todos bonecos da feira de carnaval!"

"Espere – interrompe ele –, a senhora disse que me escreveu, mas eu também não recebo suas cartas há dias."

"Mas como, enviei pelo menos quatro, o que quer dizer?"

"Quer dizer que alguém as interceptou, leu, quem sabe transcreveu!"

"Não me repreenda assim, se soubesse como me esforcei para escrever bem como o senhor..."

Depois dessas palavras, dessa voz, Bembo não sabe se segurar, pega-a pela cintura e a beija com fervor. Quando se separam, ela suspira e comenta, com um fio de voz: "Me compensou dez vezes mais do que esperava, por favor, me beije de novo".

Bembo certamente não a faz implorar. Durante um longo tempo, trocam carinhos.

"Lucrécia, não lhe resisto, mas precisa ser prudente."

"Quer dizer que não posso mais lhe escrever?"

"Não, isso nunca, é a única maneira que tenho para senti-la perto sempre. Apenas temos que ser engenhosos, dizer tudo sem que os outros possam entender o que estamos dizendo."

"Concordo. Para começar, a partir de agora eu não serei mais Lucrécia."

"E como deverei lhe chamar?"

"F. F."

"Por quê?"

"Vai entender sozinho se pensar um pouco."

Mas a febre violentíssima dessa paixão não seria a única a atropelar Bembo. Em agosto, de fato, de volta de uma viagem, o poeta foi atingido pela malária, que ainda ceifava vítimas em Ferrara e nos campos. Forçado a ficar em repouso e ainda por cima isolado, para não contagiar outros, era impossível se encontrar com Lucrécia.

Uma manhã, o criado que cuidava dele ouve um cavalo parar na frente da mansão. Não tem nem o tempo de descer para ver de quem se trata, pois Lucrécia abre com ímpeto a porta e começa a subir as escadas.

"Minha senhora – balbucia o serviçal –, não está pensando em se aproximar dele... É perigoso... Poderia ser contagiada, a senhora também."

Não tinha acabado de falar e Lucrécia já abre a porta do quarto de Bembo, que repousa sonolento e, em um primeiro momento, não se dá conta da presença dela.

"Meu bem… Pietro, sou eu."

Bembo se vira e a olha: "Desculpe, mas vejo tudo desfocado, quem é?".

"Não faça esforços", e ela segura seu pulso, depois aproxima o rosto da testa dele: "Deus! Está ardendo". E Pietro, gemendo: "Mas quem é? Não pode ficar tão perto de mim… É perigoso…". E de repente: "Lucrécia! É você, Lucrécia?".

"Sim, sou eu."

"Te reconheci pelo perfume." E se deixa abraçar, depois exclama: "Não, não pode, poderia morrer, você também!".

Enquanto isso, chega uma mulher com uma bacia e algumas toalhas. Lucrécia pergunta: "O que é?".

"É água fria."

"Que bom, me dê aqui."

Pega uma toalha e a mergulha na água. Então a estende sobre a testa dele, que se queixa. Lucrécia sente com a mão o pescoço e o peito de Pietro e exclama: "Mas está totalmente molhado!". E a servente diz: "Senhora, é a malária…".

"Mas não pode deixá-lo encharcado desse jeito! E além de tudo, em um quarto gelado como este. Não tem um braseiro por aqui?"

"Sim, está no andar de baixo, vou trazer já." Enquanto a criada empurra o braseiro, Lucrécia levanta as cobertas e diz: "Precisamos tirar a roupa!".

"Tirar a roupa?"

"Claro, precisamos secá-lo, quer deixá-lo empapado desse jeito? Me ajude um segundo!"

"Com prazer", e começam a secá-lo.

Lucrécia deixa escapar um leve comentário: "Deus, nem mesmo São Sebastião se compara… Isso, agora sim, está seco". E logo a criada comenta: "Não dá em nada, daqui a pouco estará encharcado como antes".

"E então – diz Lucrécia –, se faz o mesmo que com as crianças febris."

"Como, o que tem a ver as crianças?"

"Não tem filhos?"

"Tenho."

"E quando a febre aumenta, faz o quê? Não os aperta forte para que o calor baixe?"

"Sim, também faço isso."

"Então, é a minha vez de tentar medicá-lo." Dizendo isso, livra-se do vestido e se enfia entre as cobertas com ele. E para a mulher: "Pode ir, e não deixe ninguém entrar para não acordá-lo".

Bembo se queixa: "Tenho tremores... Deus! Estou com frio...".

E ela: "Daqui a pouco estará melhor, fica perto de mim... Ainda mais perto...".

A mulher esbranquiçada vestida de preto sempre chega à porta sem bater

Quando Roma, no verão, era atacada pelo calor, era costume da corte papal refugiar-se no clima fresco dos Colli Albani.[31] Mas durante o agosto de 1503, Alexandre VI tinha preferido permanecer em Roma, até porque a situação política, com um exército francês não muito longe lutando contra os espanhóis para obter o reino de Nápoles, exigia a presença de sua autoridade.

Já com 72 anos, o papa Rodrigo Bórgia tenta resistir de alguma maneira à canícula, indo jantar um dia na casa do cardeal Adriano Castellesi de Corneto, nas colinas romanas, junto com o Valentino e vários prelados. Brindam com vinho claro e gelado e iniciam a ceia.

De repente, um dos convidados sente que está prestes a desmaiar e escorrega da poltrona. Papa Alexandre se levanta para lhe ajudar, mas também desmorona, seguido por seu filho, que, na queda, se segura no dono da casa e tomba com ele. Quem está pior e continua vomitando é César, ao qual prestam socorro fazendo-o beber leite em quantidade, já que o veredito imediato é: "Ingeriu veneno".

O papa e seu filho são imediatamente reconduzidos ao Vaticano. A doença que afetou os dois Bórgia é tida sob o mais rígido sigilo, também quanto aos bispos e nobres convidados. Circulam apenas poucas notícias. Os chamados "bem-informados" da cúria falam de malária, mas é estranho que a epidemia da terrível doença tenha atingido um grupo de homens santos, todos ao mesmo tempo. Outras pessoas têm certeza de que o drama aconteceu por uma sequência de equívocos e erros. O veneno teria sido destinado ao cardeal Castellesi,

---

[31] Bradford, *Lucrezia Borgia*, p. 177.

o dono da casa, mas na confusão de servir o vinho e brindar, os copos cheios teriam sido oferecidos às pessoas erradas. Notem bem, daqui a algum tempo veremos essa sequência de tropeços e erros no servir o vinho repetida em numerosas representações dos cômicos da arte, nas quais o papa e os convidados são substituídos por Pantaleão e outras máscaras dos jocosos. Mas os jogos de equívocos da comédia grotesca não param por aqui. As vozes que correm nos dias que se seguem falam de um papa em recuperação, enquanto o Valentino é já dado por morto. Ao contrário, na noite de 18 de agosto de 1503, treze dias depois daquele fatídico jantar, Alexandre VI, depois de uma dolorosa agonia, morre. César, que repousava no aposento acima do de seu pai, desce imediatamente quando recebe a notícia e, ao ver o corpo inerte do pai, desata em um pranto raivoso.

Mas em um segundo consegue se recuperar e grita para os seus homens: "Rápido, levem logo embora as joias, a prataria, o dinheiro! Deve ter pelo menos trezentos mil ducados aqui no apartamento de meu pai!".

E teve apenas o tempo de falar, pois, no mesmo momento, como em um enredo que se respeite, os servos também estão afanando o que podem nos aposentos do pontífice.

Ninguém o vela durante a noite. No dia seguinte, seu corpo é colocado sobre o catafalco, mas é abandonado porque os guardas tentam roubar os círios. Enquanto isso, o cadáver de Rodrigo vai se decompondo horrivelmente, tanto que o rosto está completamente preto e a língua dilatada enche a boca escancarada. Mas a crueldade do paradoxo chega ao máximo quando alguém percebe que o caixão é demasiado pequeno para receber o corpo. Então, primeiramente se retira dele o manto dourado, mas, como isso não é suficiente, resolvem forçar a entrada do cadáver com socos e empurrões.[32]

Os filhos não aprendem com ninguém a reconhecer o cheiro de mãe

No meio de tamanha precipitação dos eventos, Lucrécia imediatamente se lembrou de seu filho. Era esse o tormento mais doloroso

---

[32] Bradford, *Lucrezia Borgia*, p. 177.

que muitas vezes a tinha feito se sentir uma mulher indigna. Mas seu desejo de ir a Roma para abraçá-lo era sempre refreado por aquele costume horrendo pelo qual não podia manifestar seus sentimentos de mãe por causa do casamento com o filho do duque de Ferrara.

Dessa vez, porém, no momento em que tudo parecia desabar sob seus pés, ela consegue superar qualquer convenção e enfrenta a viagem cavalgando quase sem parar para ver pelo menos o corpo defunto do pai e, acima de tudo, para chegar no menor tempo possível perto de seu filhinho abandonado.

Em Roma, chega a seu conhecimento que o menino está cavalgando nos campos no entorno do Coliseu com sua governanta. Vai até lá e o encontra totalmente sozinho sobre um pequeno cavalo, tentando fazê-lo trotar.

Aproxima-se, desce de sua montaria e o detém.

"Olá, menino querido, me reconhece?" A criança olha para ela um pouco e depois diz: "Não, senhora. Precisa me desculpar, mas Assunta, que cuida de mim, diz que não devo falar com estranhos".

"Mas, meu amor, eu não sou uma estranha, sou sua mamãe."

"É mesmo? Na verdade, tinham me falado que estava morta…"

"Meu Deus, está dizendo a verdade? O que foi que eu fiz… Não apareço por dois anos seguidos para um menino que hoje tem quatro anos e pretendo que venha ao meu encontro para me abraçar…"

"Não entendo o que está dizendo, senhora… Talvez tenha me confundido com outra criança. Desculpe, Assuntina já voltou, com licença, preciso ir." E dizendo isso, esporeia seu pequeno cavalo e vai embora.

Segurando as lágrimas, Lucrécia decide ir cumprimentar o pai pela última vez. Quando chega ao Vaticano, vê descer as escadas seu irmão, o Valentino, que logo a bloqueia: "Te peço, não vá visitá-lo, a doença que o matou desfigurou seu rosto. Não quero que você tenha de nosso pai uma memória tão horrorosa. Aliás, meu conselho é que vá embora logo desta cidade, eclodiram revoltas em todos os bairros e nós, os Bórgia, somos vistos como responsáveis pela sua ruína".

Lucrécia se deixa convencer. Vira-se para fazer um gesto de adeus ao irmão, mas ele já tinha desaparecido.

Sozinha, Lucrécia anda pelas salas do Vaticano sem saber bem onde se encontra. As imagens do filho perdido para sempre e do pai pesam em seus olhos. Abatida, se deixa cair sobre um banco em uma das entradas do palácio e chora silenciosamente. De repente, percebe uma presença ao seu lado e sente uma mão que segura a sua. Vira-se rapidamente, apavorada, e vê o rosto do sogro, Hércules. Sem dizer nada, joga os braços ao redor de seu pescoço e começa a soluçar.

"Obrigada – consegue dizer enfim –, obrigada, senhor… Pai."

"Oh!", sorri o duque. "Teria sido bom ter uma filha como a senhora, quem sabe onde a gente estaria neste momento, em vez de ficarmos aqui, chorando!"

"É muito doce o que está dizendo. O senhor foi o único, em toda a corte, a me seguir até em Roma só para me fazer sentir seu afeto."

"Mas como poderia deixá-la sozinha, o afeto que tenho pela senhora…"

"Com o senhor, tenho algo que me faltava com meu pai: a confiança. Com um genitor como o senhor, serei levada a contar sempre a verdade."

"Eu também sei o que quer dizer ficar sozinho."

"Eu sei. É uma falta que sofremos juntos. Todos os anos, por longos meses, meu marido vai tão longe, no Norte, que suas raras cartas muitas vezes me chegam quando ele já voltou."

"Eu me pergunto, mas por que ele deve viajar constantemente, o que lhe falta em Ferrara, sua cidade? Diz que sou eu que o envio para o exterior, para aprender a arte e a ciência militar, mas não é verdade…"

"Sabe o que acho?"

"O quê?"

"Que, na verdade, meu marido não suporta viver com a gente."

"Mas por quê? Em Ferrara tem tudo aquilo de que precisa, sem falar da presença de homens e também de mulheres de extraordinário talento em todas as artes e ciências."

"Mas é isso mesmo que o incomoda! Estar cercado por intelectos demasiado vastos, por palácios de uma geometria impossível e por pessoas que confiam ao conhecimento todo o valor de uma sociedade."

"É, não entendo como pode preferir, a tudo isso, as colubrinas e os morteiros!"

"Os morteiros?"

"Sim, você deve saber bem que é quase fanático por essa arte, até projetou alguns canhões!"

"Certo, tentou me falar desses seus interesses, mas eu não suporto isso…"

"E pensar que, quando eu morrer, Afonso se tornará o duque de Ferrara! Como está se preparando para cuidar dessa cidade? Com projetos sobre as águas, em benefício do comércio e dos campos, ou com a medicina, pela saúde de seus súditos? Não, está se preparando para a guerra, ou seja, para a arte da destruição! Um dia, eu lhe disse: 'O que gostaria de fazer desta cidade? Atenas ou Esparta?'. E ele: 'Esparta, com certeza!'. 'Esparta? Gostaria de visitá-la?' 'Sim!' 'Então tente, não vai achar uma só pedra de Esparta, não existe mais, não se sabe nem mesmo onde estava situada!'"

"E ele, o que respondeu?"

"Ficou um pouco calado e depois disse, com raiva: 'Bom, melhor estar vivos enquanto estivermos vivos do que estar belos e mortos!', e foi embora."

"Bela! Incrível resposta. Deveria se unir a meu irmão, o Valentino, imagino que parceria seria: glória e pompas fúnebres!"

E Hércules: "Sabe… Ouvi falar de sua corte de poetas, de suas… Amizades com aqueles literatos…". Lucrécia enrijece e o fixa, preocupada. O duque se dá conta e continua: "Não, por favor… Não queria de jeito nenhum repreendê-la… Aliás, eu entendo… Não se pode ficar sem a palavra e o pensamento. Uma mulher como a senhora, que desde criança estudava o grego e lia correntemente o latim e que não conhecia apenas os palácios de Roma, mas também a história e as obras de arte que a ornamentavam, precisa nutrir-se acima de tudo de beleza…".

"Obrigada. O senhor disse a verdade. Tenho muitos livros comigo e vou buscando outros, e ler me propicia grande satisfação, mas preciso, como do ar, discutir aquilo que vou pensando, e as dúvidas que me assaltam muitas vezes em cada proposta, na relação com as novas descobertas, as linguagens, e acima de tudo com Deus. Sempre vivi rodeada de bispos, padres, cardeais e segurando a mão de um papa, e vou confessar que o conforto da oração não consegue me livrar do desespero. Uma nova ideia expressa pela voz por homens e mulheres sábios me liberta, muitas vezes por encanto, daquilo que nós, na nossa língua, chamamos *sciacron*, ou seja, a dor sem esperança."

◆ *"Deus! Olhando daqui de cima e totalmente nu você
é ainda mais belo! Mas de que estirpe é, napolitano?"*
Lucrécia a Afonso de Aragão
Proscênio

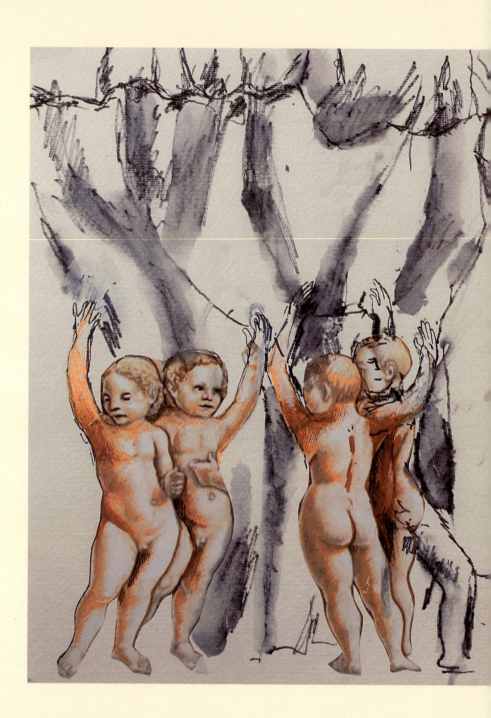

◆ *"Na obra à qual assistimos, quase no proscênio, atuavam algumas crianças que, no cume das pantomimas grotescas mais grosseiras, se limitavam a olhar, transtornadas."*
Lucrécia ao irmão César.

◆ Lucrécia.

◆ Francisco Sforza.

◆ Ludovico, o Mouro.

◆ Papa Inocêncio VIII.

◆ Rodrigo Bórgia.

◆ Vannozza Cattanei.

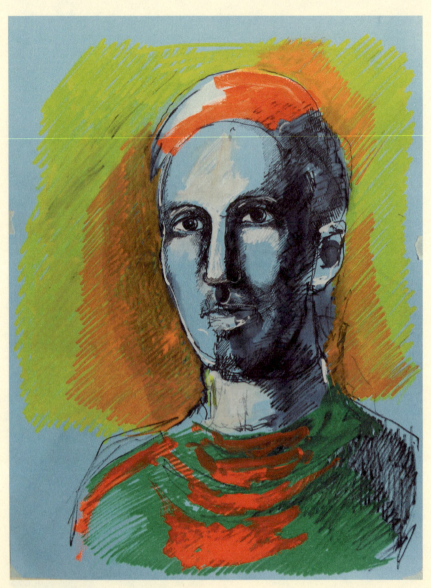
◆ Rodrigo Bórgia (papa Alexandre VI).

◆ Júlia Farnese.

◆ Giovanni Sforza.

◆ César Bórgia, o Valentino.

◆ Lucrécia.

◆ Carlos VIII.

◆ Jofré Bórgia.

◆ Juan Bórgia.

◆ César Bórgia, "o terrível filho".

◆ Afonso de Aragão.

◆ Nicolau Copérnico.

◆ O mestre Novara.

◆ Hércules d'Este.

◆ Afonso d'Este.

◆ Guidobaldo de Montefeltro.

◆ Pietro Bembo.

◆ Papa Júlio II.

◆ Isabella d'Este.

◆ Francisco Gonzaga.

◆ Ruzzante.

◆ Francisco Gonzaga, impossibilitado a dirigir o exército do papa.

◆ Lucrécia.

Segunda parte

Chegar ao fim da vida não é suficiente para uma pessoa se tornar mais esperta

O Valentino tinha escapado da morte por aquela doença ou veneno, que seja, mas esse tinha sido o último presente da sorte aos Bórgia. Muitas vezes, a deusa vendada se diverte zombando dos derrotados, dando-lhes uma última oportunidade de vencer.

De fato, depois de mais ou menos um mês da morte de Alexandre VI, Francesco Todeschini Piccolomini é eleito papa, com o nome de Pio III, o qual confirma César no papel de capitão-general da Igreja e gonfaloneiro. Mas, infelizmente, o novo pontífice tem apenas o tempo para encarregar Pinturicchio de decorar a Biblioteca Piccolomini junto à catedral de Siena: uma úlcera na perna o leva ao túmulo depois de apenas vinte e seis dias de reinado. O nome que saiu do conclave que se seguiu era o pior que o Valentino podia esperar. De fato, depois de ter passado os últimos onze anos tentando inutilmente se opor ao papa Alexandre, finalmente ascende ao trono de São Pedro o inimigo mortal dos Bórgia, Giuliano della Rovere, papa Júlio II, que imediatamente anula todos os privilégios concedidos ao Valentino pelo seu predecessor.

Como no jogo da tômbola milanês, eis que da urna das apostas sai, para o último dos Bórgia, a tabuleta com a escrita "minga", que indica que o apostador perdeu até as calças. César, que tinha apoiado a eleição do novo pontífice esperando obter seu favor, tentou chegar a um compromisso que lhe permitisse conservar pelo menos parte de suas posses, cedendo ao papa alguns castelos em Romanha, mas a situação se precipitou.

Sem o apoio de seu pai, os projetos de conquista do Valentino, seu domínio na Romanha, sua própria vida, talvez, estavam de novo em perigo. Júlio II, depois de ter sofrido uma violenta provocação por parte de alguns casteláos fiéis a César, os quais tinham enforcado o mensageiro papal que fora intimar sua rendição, decidiu tomar a iniciativa. O Valentino era somente um empecilho para a sua política e precisava ser eliminado. Então, com o apoio dos venezianos, que aspiram a compartilhar o butim daquelas terras, proclama uma cruzada de reconquista. O Valentino tenta se virar de alguma maneira para tapar os buracos, alia-se com os espanhóis, depois com os franceses; enquanto isso, em Romanha, eclodem revoltas para caçá-lo e recolocar no trono os velhos senhores.

Lucrécia (ninguém teria esperado dela tamanha ousadia) faz de tudo para reunir tropas e tentar salvar o irmão de uma ruína total; no entanto, teria sido lógico que a esposa de Afonso d'Este pensasse em si mesma.

De repente, a filha do papa se encontrava quase completamente sozinha, e, mesmo que fosse a esposa do futuro duque, sua posição, de alguma maneira, vacilava. Perto dela estavam apenas Hércules Strozzi e Pietro Bembo, que logo corre para confortá-la; mas, quando a vê no escuro, no fundo do quarto, literalmente dilacerada pela dor, faltam-lhe forças para dizer ou fazer qualquer coisa, e pensa que seja melhor voltar para o lugar de onde tinha vindo.

Mas, descendo as escadas, para e diz, baixinho: "O que estou fazendo, meu Deus! Estou me comportando como os bufões da corte. No momento em que a situação se entorta com sinal de perigo, eu também visto o manto com o capuz bem baixo e fujo das desgraças". Então se vira e sobe novamente, correndo pela escadaria. Entra no quarto e se vê diante de Lucrécia, que se levanta, maravilhada, e o abraça: "Temia mesmo não te ver nunca mais".

"Na verdade, há pouco, ao te ver sentada neste leito, me faltaram as palavras e a coragem para vir e te confortar."

E ela, acariciando seu rosto: "De você não são apenas as palavras que me faltam; é sua presença".

"Gostaria de verdade que a minha presença bastasse para afastar toda a sua dor."

"Me abraça, por favor, quem me resta agora senão você?"

"Quem te resta? Você mesma, Lucrécia! Nunca encontrei uma coragem como a sua! Não se dá conta? Em um momento como esse, em que tudo desaba sobre você, consegue pensar nos outros!"

"Como? O que quer dizer?"

Bembo sorri: "Não se preocupe, nunca poderia trair você".

"Quer dizer que você sabe?"

"Sei, e na hora em que soube me senti explodir de amor e admiração por você. Não consigo ainda acreditar… Teu irmão te envenenou a existência com suas atrocidades, fez matarem o homem que você amava, e agora que corre o risco de ser derrubado, você, em vez de abandoná-lo ao seu destino, faz o quê? Organiza e paga de seu bolso um exército para ajudá-lo!"

"Te suplico – sussurra ela –, fala baixo! Se souberem estarei arruinada, eu também!"

"Desculpa, tem razão, mas é tão belo, tão impetuoso o que você fez!"

"Mas quem te contou?"

"Não adivinha?"

"Não, tinha recomendado o segredo mais absoluto."

"Me contou o mestre das armas que te acompanhou até mim naquele dia da academia da guerra. Tinha lhe confiado meus temores, tinha lhe pedido conselho sobre o que daria para fazer, e ele me sorriu e disse: 'Não se preocupe, ela já está pensando nisso'."

"Sim – admite Lucrécia –, está me ajudando muito, foi ele, o mestre de armas, que fez contato com os mercenários, mas por enquanto não se deve absolutamente saber de nada! Até agora temos alistados, imagine, mil soldados de infantaria e quinhentos arqueiros, mas falta ainda a cavalaria…"

Bembo a interrompe: "A cavalaria… Mas… você está ouvindo como fala? Parece um comandante mercenário organizando um exército! É extraordinária, Lucrécia, sua vida é um exemplo, uma enorme aprendizagem para mim! Você é… Você é…". E assim dizendo, levanta-a no ar e a beija.

Ela respira fundo e diz: "Se sou tão extraordinária, por que, faz algum tempo, você deixa pausas tão longas entre um encontro e outro?".

"Tem razão, mas é sempre mais difícil achar ocasiões favoráveis... Agora, depois que voltou o duque Hércules... E tem mais, meu pai me chama constantemente em Veneza..."

"Está bem", interrompe Lucrécia. "Não importa, vamos aproveitar os poucos momentos que ainda temos, sabíamos que seria difícil... No fundo, tem razão aquele *grossier* de meu marido, melhor estarmos vivos enquanto estamos vivos!"

À la guerre comme à la guerre [33]

A guerra tem lugar e os confrontos também. Um, em particular, é o ataque aos castelos mantidos ainda pelos seguidores dos Bórgia. Não devemos esquecer que o exército veneziano era um dos mais temidos entre os das cidades hegemônicas italianas. Mesmo assim, as forças dos mercenários reunidos por Lucrécia e guiados por Pedro Ramirez conseguiram vencer as tropas dos atacantes. Ninguém teria apostado um centavo na vitória daquele grupo desordenado de soldados. E o mais imprevisível é que Júlio II, através de seus representantes na corte de Ferrara, se queixa duramente, quase agredindo o duque: "Parece-lhe leal um gesto como o seu, senhor? Conceder pessoalmente apoio e dinheiro para financiar um exército a ser lançado contra o santo padre e seus aliados? E tudo para perseguir uma política em detrimento da Igreja, que reivindica seus justos direitos sobre estas terras? Não esqueça que o senhor mesmo é um feudatário de Roma".

"E é por isso que eu, como humilde feudatário, tomo todo o cuidado em não apoiar os, como o senhor diz, interesses do Valentino e de sua irmã. Não tirei um centavo do bolso por essa questão! Minha nora tem os meios e a capacidade para organizar sozinha o que ela quiser!"

Mas era inevitável que aquele generoso empreendimento de Lucrécia fosse anulado pelos eventos. Diante da recusa de César em ceder todas as suas posses, Júlio II toma a iniciativa e, em 20 de dezembro, faz com que seja preso e fechado na torre borgiana. Sim, a mesma torre em que Lucrécia viveu e onde foi morto seu jovem marido.

---

[33] "Na guerra como na guerra", em francês no original. (N.E.)

César anda para cima e para baixo medindo o estreito espaço no qual, depois de tantas batalhas bem-sucedidas, fora confinado.

"Bórgia!", chama um dos guardas que vigiam o corredor. "Tem uma visita para você!"

Uma série de trancas que rangem, girando, e eis que aparece a última pessoa que o Valentino podia esperar.

"Saudações", murmura Bembo. "Sinto muito vê-lo tratado assim."

"Me desculpe, mas o senhor não é aquele Bembo, o poeta amigo de minha irmã?"

"Sou eu."

"E como conseguiu obter a permissão de me ver?"

"Estou em Roma por conta do meu pai, que está realizando uma tarefa para a República de Veneza. O secretário do pontífice intercedeu para que eu pudesse visitá-lo."

"Imagino que está aqui para me trazer os cumprimentos de Lucrécia."

"Não, Lucrécia não sabe que estou aqui. Mas, voltando para Veneza, vou parar um pouco na casa dela em Ferrara, e gostaria de levar notícias felizes sobre o senhor. Aliás, espero poder levar a notícia de que está para ser libertado."

"Acho que não poderá dar essa notícia."

"Bom, pessoalmente, usando também amizades vaticanas, talvez tenha a possibilidade de colocar o senhor em liberdade. Tudo depende de que esteja disposto a ceder suas fortalezas ao papa."

"Está louco? A única carta que me resta são aqueles castelos!"

"Por isso, jogue-a, e acima de tudo considere que é difícil para o senhor, nessa condição de prisioneiro, nesse lugar além do mais nefasto, administrar uma negociação com o papa. Uma vez livre, as coisas podem mudar a seu favor, mas por agora só está arriscando a cabeça."

"E por que está fazendo tudo isso? Pelo que estava sabendo antes da minha prisão, não é que... Como dizer... Sua relação sentimental com Lucrécia estivesse indo a todo vapor..."

"Sim, a força motora diminuiu, mas eu mantenho um grande afeto por sua irmã. É uma mulher extraordinária. O senhor está sabendo o que ela conseguiu realizar em defesa das terras ainda suas?"

"Não, apenas ouvi dizer que estava fazendo de tudo para o engajamento de tropas."

"Isso mesmo, aquele exército foi colocado em campo e conseguiu derrubar a armada veneziana apoiada pelos contingentes do pontífice, e então manter livres Cesena e Ímola."

"Minha irmã fez uma coisa dessas?!"

"Sim. Não é somente por essa razão, entretanto, que a estimo. É difícil encontrar uma mulher que pensa sempre nos outros antes de pensar nos próprios interesses. Mas me diga, quais são seus planos para quando estiver em liberdade?"

"Bom, deixaria Roma logo, não aguento mais, especialmente com esse papa... Iria logo para Nápoles."

"Por que Nápoles?"

"Porque agora os espanhóis estão em Nápoles, ou seja, é minha gente. E a partir de lá, poderei começar a reconquista de meus domínios."

"Então concorda, fará o que sugeri?"

"Claro, me convenceu, é o único caminho."

"Fico contente, mas cuidado para não confiar muito, porque, como se diz na planície do Pó, um contrato com o papa é como um acordo firmado com um *papòn*,[34] o senhor me entende, certo?"

E assim, como previsto, César Bórgia é liberado, arruma um cavalo e vai imediatamente para Nápoles. Mas ali se realiza o que Bembo receava. A armadilha urdida por Júlio II, com a cumplicidade daqueles mesmos espanhóis dos quais César esperava obter ajuda, dispara como uma ratoeira. O Valentino é acorrentado e enviado imediatamente, por navio, para a Espanha, prisioneiro dos aragoneses.

A cortina, ao fechar, não consegue secar as lágrimas

Enquanto isso, em Ferrara, Lucrécia ficava cada vez mais sozinha. Afonso estava viajando pela Europa para percorrer várias cortes, Bembo tinha partido, e acima de tudo Hércules, o sogro, estava acamado.

Nesse clima de incerteza, Lucrécia recebe uma carta destinada a F. F. convidando-a para um encontro, naquela noite, fora dos muros da cidade.

---

[34] Cafetão. (N.E.)

No horário combinado a jovem comparece, um pouco temerosa. Quase imediatamente, um vulto se aproxima.

"Pietro!", sussurra ela, e se abraçam com grande ímpeto.

"Perdoe-me se pedi para vir até aqui, mas era a única maneira de nos encontrarmos sem perigo."

"Como senti sua falta, Pietro querido!"

"Não temos muito tempo", começa ele. "Preciso te dar uma notícia."

"Uma notícia?", murmura Lucrécia, preocupada.

"Sim, uma boa notícia."

"Ah, por favor, finalmente! O que é?"

"Seu irmão foi liberado. Teve que ceder seus castelos na Romanha, mas o importante era escapar das garras do papa."

Lucrécia se joga em seu pescoço e o enche de beijos, depois diz: "Obrigada, obrigada! Atrás dessa solução, com certeza, tem intervenção sua!".

"Em parte, mas, por favor, me deixe terminar de falar, de outra forma não conseguirei dizer mais nada, comovido como estou, é belíssimo se deixar arrebatar por você."

"Para mim também, mas… César, para onde está indo agora?"

"Nápoles, e temo muito por ele."

"Por quê? Leva consigo um salvo-conduto do papa, espero."

"Claro, mas perdoe por dizer isso, ninguém sabe melhor do que você o que vale a promessa de um papa. Em Veneza se diz: 'Um bom cristão nunca jura lealdade ao Evangelho'; pense então Júlio II, que odeia vocês! Mas não fiquemos aqui a descoberto, venha, atrás de nós há um profundo nicho escavado na pedra, ali estaremos mais seguros."

Os dois apaixonados vão se esconder dentro do refúgio e sentam-se em um confortável banco.

Abraçando-a, Bembo diz: "Se pudesse parar o tempo neste momento! Sonhei que a lua saía de sua rota e desaparecia no firmamento".

"E o que isso quer dizer?"

"Os antigos diziam que um homem que cai de uma torre ficaria suspenso no vazio, um bebê jogado no ar por brincadeira, pela mãe, levaria a mãe consigo, e dois amantes que estão se abraçando entrariam um no outro, tornando-se uma coisa só."

"É esplêndida essa imagem, apesar de absurda."

"Infelizmente, é. Talvez esteja se despedaçando aquilo que nós chamamos o cristal,[35] ou seja, nosso coração. É difícil esperar que nos encontremos ainda."

"Por que difícil?"

"Você sabe bem. Aprendi com você a avaliar a condição de quem amo antes da minha, e você se encontra em uma situação muito perigosa. Seu sogro está doente, o filho dele, seu marido, está voltando, e você, bem posso adivinhar, estará junto à cama do duque sem nunca deixá-lo, porque ele merece que você lhe queira o bem que está dando a ele. Como arriscar um escândalo neste momento? Seria um ato culpável e insensato. Você tem uma vida já traçada na palma de sua mão; de minha parte, estou me encaminhando para uma direção completamente diferente. Lembra apenas que eu te amei com loucura, e continuarei amando."

Lucrécia, apesar da situação política instável, já tinha conseguido conquistar a admiração e o amor do povo e da corte. Seu fascínio e sua propensão a ouvir e socorrer as pessoas que se dirigiam a ela tinham prevalecido sobre todos os preconceitos e boatos que cercavam seu nome, e tinham até atravessado os confins do ducado de Ferrara.

Quase por acidente, eis que, pela primeira vez depois de seu casamento, Lucrécia tem a oportunidade de encontrar Isabella, a cunhada, filha do duque moribundo.

De uma inimizade entre mulheres pode também nascer um grande afeto

Foi justamente para cuidar do pai que a marquesa de Mântua voltou para a sua cidade. As duas mulheres se encontram sem nenhuma comitiva de cortesãos. Mais do que se abraçarem, insinuam um abraço, roçando os rostos na aparência de um beijo. Depois se olham e não podem deixar de rir dessa pantomima. "Por sorte, querida Lucrécia, não ouviu o que sussurrei a mim mesma no dia em que chegou a Ferrara para casar com meu irmão..."

"Por que, Isabella? Que maldições te escaparam?"

---

[35] Pietro Bembo, *Lucrezia Borgia* (Milano: Archinto, 1989, p. 28-29).

"Veja, aos meus olhos você parecia uma mulher meio tagarela que vinha limpar sua reputação casando-se com o herdeiro de um ducado antigo e prestigioso... E, além disso, uma esperta senhora que se permitia roubar a casa na qual eu tinha crescido, a casa de minha mãe."

"Enfim, você também pensava que eu era uma que assalta e devora maridos."

"Devo confessar que sim."

"Bom, se veio me visitar hoje, talvez isso queira dizer que consegui fazer com que mudasse de ideia..."

"Isso!", ri Isabella. "Me convenceu a certeza de que você não tem senso de oportunismo em relação a meu pai, mas que o estima e lhe quer um bem autêntico."

"É verdade, e devo dizer que ele também, por sua vez, me demonstrou o mesmo afeto."

"É muito lindo que meu pai, Hércules, que merece mesmo o nome que lhe deram ao nascer, tenha neste momento, perto dele, duas mulheres que o amam. Infelizmente, isso não compensa a ausência de seu filho Afonso e de meu marido, Francisco."

"Eu também lamento que não estejam aqui nesse momento. E dizer que pensei ter anulado os boatos e o retrato horrendo que fazem de mim... Houve uma discussão feroz na qual recebi, de Afonso, insultos muito pesados. Seu pai, ao qual tinha me dirigido, desesperada, me assegurara que meu marido, dado seu caráter, teria dissolvido muito rapidamente aquele seu rancor. Mas, pelo contrário, na última vez que retornou a Ferrara, tive apenas o tempo de vê-lo de longe, a cavalo, e logo voltou novamente para as suas viagens."

"Que estranho! É o que acontece às vezes comigo também... Pense no destino que tivemos, Lucrécia, nós duas casamos com dois soldados. Pelo menos, meu irmão relaxa um pouco tocando viola, às vezes."

"Sim, é mesmo, poderia ter se tornado um ótimo músico."

"É, mas a única música que ama de verdade é a dos canhões, que atiram e matam, e isso vale para Francisco também."

"Não se esqueça da caça", acrescenta Lucrécia.

"É mesmo, quando não podem matar homens, consolam-se com os animais."

"Amar a beleza é um sofrimento, se quem está ao nosso lado se recusa até mesmo a perceber."

"Não sei se já está sabendo, mas, depois dos primeiros sucessos militares, convenci Francisco a encomendar, a um dos mais famosos pintores viventes em Mântua, Andrea Mantegna, uma sequência de pinturas gigantescas sobre o Triunfo de César, nas quais, evidentemente, se aludia ao triunfo de meu marido. Bom, entusiasmado com a ideia de se ver exaltado em uma obra de arte tão majestosa, Francisco aceitou. Acompanhei a realização daquela pintura, estupefata diante de tamanho engenho, e sobretudo forcei para que Mantegna focalizasse, na apoteose, o verdadeiro fim dos guerreiros vitoriosos, ou seja, o de saquear, despejar a cidade derrotada, carregando, como uma abundância de ladrões, bandejas repletas de ouro, estátuas de grande valor e algumas mulheres, só por diversão. Ele, o personagem principal exaltado na obra, deu apenas algumas olhadas, sem se dar conta do que estava observando. E, acima de tudo, já faz dois anos que não paga um centavo para o pintor, que continua trabalhando para ele."

"É", comenta Lucrécia. "A arte para eles é uma coisa inútil."

"Pior ainda – diz Isabella –, quando se dizem interessados é só para demonstrar que são autênticos senhores e, portanto, apreciam arte e cultura!"

"Eu te confesso que, em certos momentos, desprezo meu marido."

"Eu também, não consigo evitar. É a constante em nós, mulheres. Sempre me vem à mente Fedra, que, na tragédia de Eurípides, se apaixona por Hipólito, que despreza as mulheres e pensa apenas na caça."

"De fato, há algumas semelhanças", sorri amargamente Lucrécia.

"E sabe como termina a tragédia grega?", pergunta Isabella.

"Não sei, como?"

"Quando Fedra descobre que ele não a ama, decide se matar."

"E você – acrescenta Lucrécia depois de alguns segundos –, pensa em se matar?"

E Isabella, sorrindo: "Sabe, acho que vou esperar mais um pouco. Pelo menos, meu marido às vezes volta da caça".

Libertar os detentos

Alguns meses antes, Hércules d'Este tinha encarregado Lucrécia de gerenciar uma tarefa muito delicada, o exame das petições que chegavam ao tribunal implorando intercessão e ajuda. Por que uma incumbência como essa? Uma dama é normalmente encarregada de cuidar dos jardins, das cortinas nos salões, no máximo da escolha dos cozinheiros e do menu para a cozinha; certamente, não se oferece a ela a tarefa de administrar o controle dos processos e das condenações. O que tinha induzido o duque a essa decisão? Evidentemente, o fato de descobrir que sua nora possuía capacidade e determinação para organizar um exército e resolver o confronto final com uma vitória.

Muitas das petições que Lucrécia recebia estavam relacionadas à libertação de prisioneiros que se encontravam nas cadeias de Mântua. E também outras petições chegavam de numerosas cidades, seja da Itália, seja de toda a Europa. Lucrécia já tivera a possibilidade de conhecer Francisco Gonzaga em 1496, quando o marquês, vencedor da batalha de Fornovo, passou por Roma. Em 1502, ambos começaram a trocar algumas cartas.

Em uma delas, Lucrécia pedia a liberdade de um pobre sapateiro, acusado de ter roubado um pouco de pão de um padre. O caso não era grave, e Francisco consentiu com prazer no pedido da bela cunhada; na conclusão da sua carta, porém, escrevia: "Ontem foi liberado o prisioneiro para o qual Sua Senhoria pediu graciosamente clemência. Mas eu também, humildemente, tenho que fazer a sua senhoria uma súplica. A senhora também, de fato, tem na prisão alguém que é muito querido meu, e implora vossa graça".

Mas poucos dias depois, eis que surge um problema muito mais sério e de difícil gestão. Trata-se de um homicídio. Considerando injusta a sentença, os parentes do condenado, que são originários de Ferrara, recorreram a Lucrécia para obter justiça. Eis os fatos: um mecânico responsável pelas barragens do rio Mincio é condenado por ter matado um seu compadre por motivos de pouco valor, quase um crime entre bêbados. Lucrécia, com a ajuda de um advogado a seu serviço, examina os documentos inerentes à investigação e ao julgamento e descobre algumas incongruências notáveis, testemunhos vagos e uma absoluta falta de provas válidas. Por isso, apesar de que poderia requerer um novo exame cuidadoso dos fatos diretamente ao cunhado, prefere agir por conta própria através de uma revisão do acontecido por seus investigadores. Esses, durante um longo tempo em Mântua, conseguem reconstruir a dinâmica do crime e descobrem que, na verdade, os mais que prováveis autores e mandantes são outros, e que muito provavelmente a vítima foi morta porque impediu a própria filha de ter uma relação com um importante personagem da cidade.

Então Lucrécia escreve a Francisco instando-o a realizar uma investigação judicial. Infelizmente, passam-se dias e dias sem que Francisco envie uma resposta a respeito. Lucrécia, indignada, lhe escreve em tom bastante brusco, lembrando que no meio do problema está a condenação à morte de um provável inocente. Finalmente, o marquês de Mântua se mexe, e com uma imprevisível presteza chega até a enviar os três responsáveis pela investigação para um encontro com o ministério público de Ferrara, que conduziu a investigação. Às sessões estão presentes também Francisco e Lucrécia, que demonstra uma competência administrativa realmente impressionante.

Em breve, conseguem descobrir a verdade. O coitadinho, que estava para ser levado ao patíbulo, é ninguém menos que um bode expiatório. O verdadeiro responsável é Alberto de Castellucchio, nobre mantuano, que decidiu matar o pai da garota que seduzira, o qual ameaçava denunciá-lo. Para eliminar as suspeitas, o poderoso senhor não tinha vacilado em corromper e ameaçar os juízes para que condenassem, no lugar dele, um companheiro da vítima, homem pobre e sem defesa, do qual ninguém teria se ocupado. Francisco Gonzaga ordena a imediata soltura do condenado e informa isso em uma carta à cunhada. Lucrécia está radiante, e na onda de alegria decide ir a Mântua pessoalmente, para levar seu conforto ao pobre homem e acompanhá-lo de volta para a sua família, em Ferrara. Informada sobre a viagem, Isabella propõe à amiga alojar-se em seu palácio, felicíssima de poder tê-la junto de si.

Lucrécia e o marquês reconduzem o homem libertado a Ferrara, onde a população o recebe com grandes festas. Francisco fica impressionado por aquele recebimento e, na mesma noite, vai para o palácio de Poggio Rusco, tendo convidado Lucrécia para o dia seguinte. De manhã, ao vê-la chegando, monta a cavalo e galopa a seu encontro. Em um segundo, eis que andam um ao lado do outro, percorrendo de volta a avenida que conduz ao castelo.

"A senhora tem um belo caráter, querida cunhada", comenta Francisco. "No começo eu pensava que fosse teimosa só porque queria ter razão a qualquer custo."

"De fato", ri Lucrécia. "E enfim, eu consegui!"

"Sim, mas me fez suar que nem um javali com todos aqueles advogados e aquela papelada; portanto, me deve uma reparação!"

"E o que o senhor quer? Já não ficou contente por ter evitado executarem um inocente?"

"Mas a senhora se ocupa somente de ajudar os pobres, ou faz também alguma coisa para si mesma?"

"O que faço, eu faço, deixo que os outros falem."

"Eu também não gosto de perder tempo falando, por isso digo que amanhã virá comigo à caça, assim a obrigarei a assistir à execução de alguns pássaros completamente inocentes, e aviso logo que meu falcão não sofrerá nenhuma condenação: ao contrário, será a senhora a acariciá-lo na cabeça, como prêmio."

"Uma carícia apenas?", diz Lucrécia. "Uma compensação muito pobre para um nobre falcão!"

"Depende, querida cunhada, depende de quem a dá."

Na manhã seguinte, o sol ainda não tinha surgido quando Lucrécia e Francisco Gonzaga, com a comitiva dos cortesãos e caçadores, cavalgam pelo bosque.

"Sabe que é a primeira vez que caço?", diz Lucrécia ao cunhado.

"Como?", pergunta ele. "Aquele bom homem que é seu marido nunca levou a senhora? O que é, ele ainda nem consegue calçar as botas sozinho?!"

"Fala assim do irmão de sua esposa?", diz Lucrécia um pouco ressentida.

"Claro que não, falo assim de alguém que, tendo uma esposa como a senhora, nunca a levou com ele ao bosque para demonstrar que seu marido é um verdadeiro homem."

"Talvez existam outros modos de demonstrá-lo, não acha?"

"Você vai muito rápido, querida cunhada! Não nos conhecemos ainda pouco demais para falarmos dessas coisas?" E dizendo isso, Francisco tira o capuz de seu imponente falcão, que imediatamente levanta voo.

Os dois cunhados seguem em silêncio, com os olhos na ave, que faz vários círculos no ar e de repente se atira para baixo, mergulhando em cima de um pato, que esmaga entre as garras. Depois, como de regra, o falcão dá mais uma volta no ar, então arremessa a presa decepada na direção do falcoeiro. Este vê o pássaro chegar girando e empurra a companheira para evitar que seja atingida pelo pato.

Ela solta um grito: "O que está fazendo?!".

Ele a segura pela cintura antes que caia no chão.

"Me solte!", ordena ela.

"Sinto muito, mas, se eu soltar, a senhora vai cair no pântano aqui embaixo. Se quiser mesmo cair no chão, por favor, deixe que eu a tire daí, o chão à sua esquerda está seco."

Lucrécia se recompõe, aborrecida e constrangida: "Desculpe, essa caçada me deixou perturbada".

"Sente-se aqui", responde Francisco, apontando para um tronco caído no chão, o qual já está limpando da folhagem com sua luva. Em um instante já estão sentados um ao lado do outro. Ele sorri, e Lucrécia não pode deixar de retribuir.

"Deve ter me achado muito desastrada, não? Uma mocinha atrevida e cheia de si."

"Na verdade, fui eu que a coloquei nessa condição. Quero confessar que não havia nenhum perigo de que o pato a atingisse. Fui eu que inventei."

"É mesmo? Que despudorado!"

"Fiz isso para quebrar aquele incômodo que a senhora me causava."

"Eu?"

"Veja – responde ele –, quando me escreveu para que eu olhasse de novo o processo contra aquele pobre condenado à morte, eu pensei, me perdoe a bestialidade, que aquele fosse um pretexto para me envolver e tentar me seduzir."

"É mesmo?"

"É. E assim, bati palmas para mim mesmo: 'Olha que encantador eu sou! Não perco uma!'. Mas a senhora me escreveu em seguida uma carta inflamada, não de amor, mas de insultos, contra minha grosseria moral e o desprezo pelas pessoas que não têm poder nenhum."

"E o senhor mereceu!"

"Pode ser, mas resta o fato de que isso me tirou do eixo. Portanto, 'Imbecil!', falei para mim. 'Essa mulher joga limpo, não encena o personagem da boa samaritana para subir no jogo do poder'. Quando, mais tarde, nos encontramos para resolver o problema com juízes e advogados, e conheci a determinação e a seriedade quase mística com a qual se dedicava com afinco, tudo para salvar um inocente, me veio à mente uma sentença que minha mãe, Margarete de Bavária, a alemã, como todos a chamavam, repetia: 'Julgue um homem ou uma mulher por aquilo que é capaz de fazer para os outros, e não por aquilo que propõe só com palavras'."

"Então, por que me convidou para essa caçada? Talvez para se reabilitar e me envolver em seu reino das conquistas amorosas?"

"Não, o clima era esse, mas a intenção era outra."

"Qual?"

"Colocar-me diante da senhora completamente despojado de máscara na cara e no coração. E pode lhe parecer absurdo, mas vim aqui para lhe dizer que a amo."

E Lucrécia, quase para esconder a comoção: "Ei! Uma reviravolta!".

"Não mesmo; de fato, pelo respeito enorme que tenho hoje pela sua pessoa, eu nunca tentaria induzi-la a fazer amor comigo. E sabe por quê? Porque seria um delito infame. Eu tenho sífilis."

"Sífilis? E me conta desse jeito, como se fosse uma notícia caseira, normal? 'Sabe, estou um pouco resfriado, deve ter sido uma corrente de ar mas vai passar...' Minha nossa! Sífilis!"

"Sim, é verdade, fui brutal, mas precisava lhe contar e demonstrar todo o meu desespero."

"Entendo, mas... Posso acreditar? Parece-me impossível... Não conheci pessoas com essa doença, mas ouvi falar... Movimentam-se com dificuldade, perdem a memória, desmaiam de repente, caem no chão e não sabem mais quem são... E o senhor... Se devo pensar em alguém saudável, penso no senhor. E, acima de tudo, gerou, com sua esposa, nem sei quantas crianças..."

"Sim, e nasceram e cresceram saudáveis."

"Mas tinha consciência de que estava se expondo a um risco terrível? Poderiam ter nascido também contagiados, condenados a uma vida... Que não se pode mesmo chamar de vida..."

"Certo, é disso que me sinto especialmente culpado. Mas com relação à dúvida sobre se eu a estou enganando, quero testemunhar que essa doença pela qual fui atingido é também chamada de *strabacco*, o que quer dizer: num dia você é belo e forte como o sol e no outro é a sombra que se arrasta no esterco. O dia em que fomos com os parentes e os amigos até as prisões, para receber aquele coitado libertado, e depois, no momento em que chegamos a Ferrara para reconduzi-lo à sua casa, diante de todas aquelas pessoas que festejavam, gritando felizes, disse a mim mesmo: 'Mas quem estão festejando, o inocente libertado? Não, é a Lucrécia, é ela o objeto dessa admiração'. E foi aí que me senti despencar, aniquilado: 'E eu planejando capturá-la para mim, sem mesmo pensar por um segundo que serei a causa de um horrendo contágio?! E que depois ela, sem se dar conta, faria o mesmo com seu marido? Mas onde tenho a consciência, entre as nádegas? Corro o risco de destruir até mesmo um país com seus princípios, jogar todos os valores no monte de lixo da humanidade! Que belo exemplo de dignidade deixaria aos meus filhos!'."

Importante é como se abre uma vida, mas mais importante ainda é como se consegue fechar

Hércules estava cada dia pior; os médicos que cuidavam dele já não esperavam salvá-lo, e na cidade se falava, sem fazer mistério, da sucessão ao trono do ducado.

Tendo ficado sabendo das condições de seu pai, Afonso voltou para Ferrara em 8 de agosto. O que o chamara de volta para a pátria, além do desejo de honrar o pai que estava morrendo, tinha sido o temor que seus irmãos aproveitassem de sua ausência para tentar, com algum golpe baixo, colocá-lo de lado e tomar o poder em seu lugar.

No átrio do quarto do duque, Afonso encontra Isabella, que há alguns dias nunca se afasta da cabeceira do pai. Irmão e irmã se abraçam rapidamente, e Isabella diz: "Graças a Deus que você voltou".

"Como está?", pergunta Afonso indicando a porta semiaberta do quarto.

Isabella respira fundo: "Tem febre alta, treme constantemente, é penoso vê-lo assim".

"Mas não tem ninguém com ele?"

"Sim, Lucrécia, nunca o deixa só, faz dias que está perto dele."

"Te agradeço por ter vindo de Mântua para confortá-lo."

"Não fale assim, é meu pai. E ainda por cima, não estou triste por deixar Mântua."

"Por que fala isso?"

"Deixa para lá, te digo apenas que meu marido faz um tempo que está fora do eixo, não consegue ficar comigo, com seus filhos, é grosso."

Afonso deixa escapar um sorriso e retruca: "Não precisa ficar triste por isso, deve estar um pouco ocupado".

"O que quer dizer?"

"Você sabe como ele é, deve ter perdido a cabeça por alguma mocinha disponível. Eu também nunca tive simpatia por seu marido, mas são escapadas inocentes, apesar de tudo!"

Isabella fixa o irmão com um movimento de desprezo e acrescenta: "Pode ser, mas evidentemente as moças do campo já perderam a graça".

"O que quer dizer?"

"Nada, nada."

Afonso segura as mãos dela: "Isabella, conte-me, desde quando temos segredos?".

"Sinto muito – corta ela –, não queria te amargurar ainda mais, neste momento temos que nos ocupar de nosso pai."

"Escuta – insiste ele –, é inútil você ficar sofrendo desse jeito, se nosso pai se desse conta, poderia prejudicá-lo também... Vamos, me diga tudo e se sentirá melhor."

"Certamente é difícil fazer um pássaro migratório perceber coisas novas."

"Está falando de mim?"

"Estou."

"Está bem. Então me diga, quais são as novidades?"

Isabella o fixa, respira fundo e começa: "Eu não sei se devo, não sei se é certo, mas... Já falou com sua esposa?".

"Não, vim logo para cá, por quê?"

"Fique o máximo possível com ela. Ouça, Francisco..."

"Francisco o quê?", pula Afonso.

"Nada, não se preocupe, não aconteceu nada, acho... Mas é melhor para você se não deixar a ele, digamos, muito espaço para ver Lucrécia."

Lívido, Afonso agarra o pulso da irmã e grita: "Fale! Me diga tudo, já! O que aquele infame tentou fazer?".

"Te imploro, Afonso, te imploro, está me machucando! Deixe-me ir! Além do mais, Lucrécia está no quarto!"

Ele a solta e, seríssimo, repete: "Fale tudo o que aconteceu!".

"Juro, não aconteceu nada, fica tranquilo, senta."

Afonso senta-se e, baixando o tom, pergunta: "Então, minha mulher está no meio disso… Não está me escondendo nada, certo?".

"Não, juro. Só estou dizendo para vigiar. Não fique mais tão longe assim de Ferrara."

Virando-se para a porta do quarto do duque moribundo, Afonso sentencia: "Infelizmente, Isabella, tenho a impressão de que não vai me ver mais no bando dos pássaros migratórios".

Isabella segura sua mão, ordenando que se calasse. Lucrécia acaba de sair do quarto do duque. Vendo Afonso sentado ao lado de Isabella, solta um grito abafado e corre a seu encontro, abraçando-o.

"É maravilhoso você estar de volta!"

"Eu também estava precisando muito", responde o marido, olhando-a com sincero afeto.

Lucrécia o fixa ternamente e o beija, depois diz: "Vá, agora, vá até seu pai, mas não o acorde, por favor, acabou de cochilar, precisa muito descansar".

Afonso está com uma expressão quase envergonhada; Lucrécia o empurra levemente e o acompanha até a porta.

"Estarei no jardim te aguardando", diz. Ele assente e entra, fechando a porta às suas costas.

"Posso te acompanhar?", pergunta Isabella.

"Claro! Vamos, um pouco de ar livre vai ser bom para nós duas."

As cunhadas descem uma curta escadaria. Isabella se apoia em Lucrécia e lhe pede: "Me ajuda um segundo, por favor, faz um tempo que tenho algumas dificuldades, por causa do meu tamanho".

"Deveria passear um pouco mais, andar a cavalo, por exemplo."

"Cavalgando o quê, um elefante?! Olha meus glúteos: até ele se assustaria!" Ambas caem na gargalhada.

"Sabe – diz Lucrécia quase sorrindo –, sempre me perguntei como eram você e Afonso quando crianças, sempre fiquei curiosa de ouvir falar de vocês como irmão e irmã… Há pouco, abrindo a porta e os ouvi conversando, como eram ternos… E escutei o que você dizia sobre mim."

Isabella a olha consternada e se apressa a dizer: "Ouviu? Juro, Lucrécia, eu… Queria apenas… Falei assim pelo seu… Pelo bem de vocês, te garanto, sei muito bem que... Quero dizer, Francisco... Enfim, sei que não aconteceu nada...".

"Mas está equivocada", diz Lucrécia em tom sério. "Alguma coisa aconteceu."

Isabella endurece: "O quê, onde, quando?".

"Me falou de sua doença, ou melhor, de sua tragédia."

Isabella fica perplexa por um segundo, depois, quase incomodada: "Por que para você? Não fala disso com ninguém, nunca...".

"Vou confessar que desde quando, juntos, nos ocupamos de condenados e processos, eu e seu marido descobrimos poder confiar um ao outro coisas bastante delicadas. Como essa. Te confesso que, quando ele me contou, quase não acreditei... E falei: 'Mas como? Parece tão saudável...'. Me senti como jogada dentro de um vórtice desesperado."

"Isso, assim eu também me senti quando descobri. De repente, ouvi ele delirar como um possuído... E depois cambalear, caminhar como um bêbado encharcado, e não tive piedade dele, mas ódio, desprezo, porque não o perdoava por te me engravidado mesmo sabendo que estava arriscando minha vida e a de minhas crianças."

"Imagino o que sentiu, Isabella querida."

"Não! Impossível! Não dá para imaginar!" E dizendo isso, tira a capa que está vestindo e a arremessa nos degraus. "Olha bem para mim, veja como estou acabada. Depois daquela notícia, fiquei inchada como a vela do mastro principal. Uma bola. Engordei quarenta quilos! Em casa, precisei me mudar do terceiro andar para o térreo, em frente aos estábulos, porque não posso mais subir as escadas!"

Neste ponto, faz-se necessário um comentário. Lendo, ou melhor, analisando os numerosos escritos sobre os Bórgia, especialmente sobre Lucrécia, levantamos um dado fundamental. Ninguém, entre esses exímios historiadores, e, inversamente, entre os narradores de acontecimentos eróticos-pornôs-obscenos de feira, ninguém colocou no centro da história o fato de que Francisco Gonzaga tivesse sífilis. No conjunto, esses autores têm driblado o problema, ignorando-o. Sífilis: fato marginal. Como é possível? Naquele tempo, é sabido que uma mulher ou um homem que tivesse feito amor com um doente de lues, como se chamava então a sífilis, dificilmente teria tido a possibilidade de sair ileso. Quase inevitavelmente teriam adquirido essa monstruosa condenação. E isso vale também para os filhos, tanto é assim que Frederico, segundo filho de Francisco e Isabella, tinha contraído a lues congênita, ou seja, herdada do pai. Como poderia Lucrécia, uma vez conhecida a condição em que se encontrava Francisco, aceitar se tornar sua amante? E ainda: como poderia, mais tarde, gerar com seu marido cinco filhos em ótima saúde? É a habitual mentira cultural, contra a qual só existe um remédio: contá-la com cuidado para não trair a verdade. É justamente isso o que estamos fazendo.

O adeus mais dolorido é o do sábio que te deixa para sempre

Com intensa melancolia, o povo de Ferrara se preparava para a perda de seu duque. As condições de Hércules, já com 74 anos, pioravam sempre mais, e os poucos momentos de lucidez eram interrompidos por longas crises de febre e tremores.

Afonso caminha preocupado pelos corredores do castelo quando vê Lucrécia, que, quase correndo, vai ao seu encontro.

"Rápido!", diz. "Teu pai quer falar com nós dois, juntos."

Marido e mulher percorrem com pressa as salas que os separam do quarto do duque e entram, de mãos dadas. Hércules, vendo o filho, se abre em um grande sorriso de consolação e faz sinal para ele se aproximar. Afonso se senta junto ao pai e segura sua mão, em silêncio. "Meu filho – começa o duque, com voz cansada mas feliz –, no momento em que perde seu pai, você tem o dever de pensar nas graças e nos dons que recebeu. São muitos, e pode-se dizer que quase ninguém teve uma sorte como a sua. O importante é que você aprenda a enxergá-la. Parece incrível, mas às vezes as coisas mais maravilhosas são aquelas que temos mais trabalho para reconhecer. Você nunca compreendeu, meu filho, o valor da beleza, porém ela é a única coisa que pode de verdade te salvar neste mundo.

"Você não consegue ler o esplendor de um monumento, de um palácio ou de uma catedral, mesmo que, por sorte, exista a música que te atrai. De fato, você, quando quer, toca de modo sublime, mas não cultiva esse dom. E, do mesmo modo, não consegue ler a beleza da mulher que a sorte te deu, Lucrécia. Mas não me refiro à beleza de seus cabelos, de seu rosto, de seu corpo, e sim àquela que Lucrécia leva dentro de si e que transparece por fora. A generosidade, o ímpeto, a paixão, o sentido do sacrifício que está pronta a fazer por quem ama. Eu queria ser um necromante para fazer com que você, de repente, conseguisse ler o encantamento que é esta mulher.

"E a você, Lucrécia, digo para não julgar pelas aparências. Esse meu filho, que agora você terá que apoiar no governo do ducado, é como uma tília gigante invadida pela hera, que esconde seu perfume. É fácil confundi-lo com uma árvore morta, boa só para fazer fogo, mas se olhar, se procurar até o fundo, não poderá deixar de sentir por ele um amor maior do que aquele que já sente."

Lucrécia e Afonso ouviram as palavras do duque segurando as lágrimas e olhando-se longamente nos olhos. Hércules fica em silêncio alguns segundos; depois, como que acordando, sussurra: "Agora me deem suas mãos e jurem se amar e ajudar um ao outro"; e um segundo depois, acrescenta: "E cuidem desta minha cidade".

Afonso desata a chorar, e todo o seu corpo é sacudido por soluços. Lucrécia segura suas mãos e as beija, acariciando sua cabeça. Por fim, o filho do duque consegue se acalmar e, dirigindo-se ao pai, diz: "Pai, trarei seus ensinamentos dentro do meu coração para sempre, e farei com que deem frutos exuberantes, para meu bem, da minha mulher e do ducado. Mas me permita que o presenteie, para começar a me rodear daquela beleza da qual falava".

Sai um momento e diz algumas palavras a um criado, enquanto Lucrécia se curva para o duque e sussurra: "Obrigada, pai, prometo fazê-lo feliz".

"Obrigado a você, minha filha; e dizer que me deixei até ser pago para que você viesse para cá!" E, rindo, acrescenta: "Você foi uma das maiores alegrias da minha vida". Naquele momento, a porta do quarto se abre e se ouve um canto acompanhado pelo som de uma viola. É Afonso que canta. Lucrécia e Hércules estão encantados. Todos os músicos da corte cercam o leito, entoando: *"Oh, quando morrer quero ver ao redor gente que dança, que diz cantando 'vá tranquilo'. Ninguém chora por ti de tristeza, tu que deixas doce alegria e lembranças queridas do teu viver. Não se esquece quem viveu da justiça e do prazer de viver feliz"*.

183

Afonso, abaixando de vez em quando a viola, repete as estrofes, cantando em voz alta com os músicos. Quando o coro termina, Hércules, com grande esforço, se senta e abre os braços, enquanto o filho se precipita para ele, abraçando-o. Lucrécia assiste comovida à cena e, quando o marido se levanta, pula literalmente em seus braços, dá um beijo longuíssimo e apaixonado nele e sussurra: "Deveria ter me contado antes que era um poeta, você também! Pena que já casei contigo, senão, por essa música com a qual presenteou seu pai, te pediria logo para me conceder novamente uma noite de núpcias com você".

Depois de alguns dias, em 25 de janeiro de 1505, Hércules piora e morre, assistido pela nora e pelo filho.

Seguindo uma antiga tradição segundo a qual, no término do funeral, os parentes fazem juntos uma pequena refeição chamada de "almoço de adeus ao defunto", Lucrécia e Francisco Gonzaga sobem ao primeiro andar do Castelo Velho de Ferrara. Isabella pediu para ficar no térreo e se poupar de subir escadas. O irmão, Afonso, se ofereceu para lhe fazer companhia. Os dois cunhados escolhem alguns pratos e sentam-se à grande mesa, sozinhos. "Os meus cumprimentos, duquesa, finalmente conseguiu."

"Está sendo pesado, como sempre", responde Lucrécia. "Acha mesmo que colocar o colar ducal era meu objetivo principal?"

"Não, estava tentando te provocar. Gosto dos seus olhos quando fica brava, ganham uma luz que parece fulminante. Entretanto, falando sério, penso no que te espera, a partir do momento que o novo duque, seu marido, te renomeou para a presidência da comissão das petições,[36] e você terá que se ocupar também das relações diplomáticas com os Estados mais podres, ou seja, Veneza, os franceses, os espanhóis e, especialmente, o papa. Estou te avisando, e sei disso com certeza, que a intenção desse Júlio II é eliminar o ducado de Ferrara e anexá-lo por inteiro. E, naturalmente, mandar todos vocês embora daqui."

"Obrigada pelo aviso, mas já sabia há um tempo. Espero que, no momento da agressão papal, você possa nos demonstrar que ainda tem afeto por nós."

---

[36] Chastenet, *Lucrezia Borgia*, p. 263.

Escrever o que te acontece serve muitas vezes para manter na memória só os melhores momentos

Lucrécia mantinha um diário no qual anotava as várias passagens de sua vida. Eis um fragmento que nos interessa diretamente: "Hoje é 7, sexta-feira, e no meu ventre senti crescer um frêmito. Tenho certeza, estou grávida. Sinto uma grande felicidade, gritei ao meu homem, debruçando-me para o amplo pátio dos estábulos: 'Aconteceu, espero um bebê!'.

"Segunda-feira, 12. A peste que eclodiu na cidade das enguias, Comacchio, está alcançando Ferrara. Ao amanhecer, Afonso fez preparar minhas malas, e, para evitar solavancos, já que o parto está próximo, me pôs em uma embarcação puxada por cavalos[37] e assim devemos alcançar Guastalla, onde se desvia para um canal que leva até Reggio Emília. Ali me aguardam para ser alojada em um lugar protegido.

"Terça-feira, 3 de janeiro de 1505. Ontem houve um terremoto em Ferrara. Alguns mortos, muitas casas abatidas, e outras vão desmoronar no próximo tremor. Toda a população abandonou a cidade. São mais de quatro mil fugitivos.[38] Isso quer dizer que em Ferrara não ficou ninguém, nem mesmo os gatos e cães de rua. Até nosso palácio desabou; por sorte, nenhum de nós foi surpreendido lá dentro. É extraordinário: graças ao perigo da peste, eu, meu marido e nossa criança nos salvamos de ficar debaixo dos escombros.

"Sábado, 19 de setembro de 1505. Hoje de manhã tive dores, e nasceu nosso filho, um menino. Afonso não está, teve que voltar a Ferrara para organizar a reconstrução da cidade devastada.

"Sábado, 26. Mas agora, depois de alguns dias, está comigo! Eu já estou de pé e o recebo com o bebê apertado no colo. Nos abraçamos gritando de alegria. Depois de um tempo, percebemos que estamos dançando ao ritmo de beijos".

Mas algumas vezes o sorriso se transforma em dor.

---

[37] Soa estranho, "uma embarcação puxada por cavalos". Provavelmente, os cavalos, aos quais se atrelavam longos cabos presos à barca, caminhavam devagar à margem do canal, puxando o veículo. (N.E.)

[38] Chastenet, *Lucrezia Borgia*, p. 265.

"Passou-se pouco mais de um mês. Estou me derretendo em lágrimas. Pelo que fui punida? Por que este meu menino tinha que morrer? Não tinha ainda apreendido a me chamar de mamãe."

Algum tempo depois, nos diários de Lucrécia, encontramos mais esta anotação: "4 de novembro de 1505. Ontem, Júlio, o meio-irmão de meu marido, foi agredido por um grupo de capangas, entre os quais, dizem, estava também outro irmão de Afonso, o cardeal Hipólito d'Este. Sabia-se que tanto o cardeal quanto Júlio estavam apaixonados por uma mesma fascinante dama: Ângela Bórgia, minha prima. Anteontem, ela me confessara preferir Júlio e me dizia que os olhos dele eram mais belos do que o cardeal inteiro. Hipólito recebeu isso muito mal. Depois daquela agressão, o pobre Júlio teve os ossos do corpo todo massacrados e perdeu um olho. Pedi a meu marido, Afonso, para realizar uma investigação para apurar quem são os responsáveis pela emboscada e puni-los".

E mais abaixo se lê: "Parece-me ter voltado a Roma. Achava ter deixado para trás aquele clima de delitos, conjuras e traições, ter encontrado finalmente um lugar iluminado e civil, e, ao contrário, descubro que os homens podem ser desumanos em qualquer lugar".

Uma mulher que não concede atenuantes e descontos

Mas as expectativas de Lucrécia em relação ao marido seriam frustradas. Na verdade, Afonso, como Hipólito era o mais importante aliado que tinha, preferiu varrer tudo para debaixo do tapete, fazendo circular uma versão em que se omitia completamente qualquer referência à responsabilidade do cardeal.

Uma noite, o duque Afonso está descendo as escadas do castelo para ir aos estábulos quando é impedido por Lucrécia, que, com voz indignada, diz: "Por que maquiou toda a verdade?".

"Que verdade?", pergunta Afonso quase ressentido, sem entender. Lucrécia continua: "Permitiu que seu irmão Hipólito agredisse e cegasse livremente o Júlio, por uma vingança pessoal, e ficou assistindo! No começo, não conseguia acreditar que você tivesse feito algo parecido, achava que seguiria o ensinamento de seu pai, mas você… É como meu irmão!". Gritando: "Por que eu devo sempre…".

Enquanto isso, Afonso, preocupadíssimo que alguém possa ouvir as palavras de Lucrécia, a agarra por um braço e a puxa para um quarto ao lado.

"Não faça nunca mais uma coisa dessas", diz logo, com agressividade. "Pode imaginar o escândalo se alguém tivesse te ouvido?"

Lucrécia responde, incrédula: "O escândalo! Seus irmãos se cegam entre si e você se preocupa com o escândalo!".

"Lucrécia, me escute, tem coisas que você não pode…"

"Entender?", interrompe ela. "Acredite, tive uma boa escola de enganações e atrocidades, e certas coisas eu entendo muito bem. O que ainda não consigo explicar é como se pode aproveitar também das relações familiares para fins políticos e de poder! Diga, como até você pôde acabar assim?!"

Afonso a fixa sem poder dizer nada. Lucrécia o olha, por sua vez, e conclui, afastando-se: "Tome cuidado, quem escolhe tirar proveito em interesse próprio com a enganação e a mentira, muitas vezes destrói a si mesmo e perde credibilidade com quem lhe importa de verdade".

Júlio recuperou parcialmente a vista, mas foi cegado pela sede de vingança. De fato, no ano seguinte, com o irmão Ferrante, organizou uma conspiração para eliminar Afonso, o marido de Lucrécia, e seu irmão Hipólito, mas por sorte o golpe não deu certo. Ferrante foi capturado, Júlio conseguiu fugir para Mântua. Mas Francisco Gonzaga, não querendo ficar inimigo do cunhado dando proteção aos que tinham atentado contra sua vida, aceitou entregá-lo, com a promessa de que o traidor continuaria vivo. Júlio é conduzido sob o cadafalso erguido no pátio do castelo de Ferrara, já repleto de pessoas. Ferrante, o outro conspirador, já está lá em cima, nas mãos do carrasco. O mensageiro de Francisco que acompanhou o prisioneiro entrega a carta ao duque, o qual arranca o selo, abre e lê: "Te entrego o irmão que tentou te matar, mas te peço que respeite a palavra que me deu de não justiçá-lo".

Naquele momento, ereta sobre seu cavalo, surge Lucrécia, que levanta a mão em direção ao marido para avisá-lo: "Estou aqui". O duque entende na hora o significado daquele gesto. Levanta por sua vez a mão na direção do carrasco e grita: "Levem todos os dois para a cadeia!". E dirigindo-se ao público: "O espetáculo acabou, voltem para suas casas".

As notícias ruins muitas vezes chegam em massa. Algumas amargas; a maioria, péssimas

Alguns meses mais tarde, Francisco, chegando de Mântua, desmonta e sobe, três de cada vez, os degraus da escadaria que leva aos aposentos da duquesa de Ferrara. Entra no vestíbulo, e do salão chegam a ele vozes e gritos de alegria dos seus cunhados.

Entra decidido e diz: "Sinto muito se estiver incomodando, mas tenho uma notícia muito importante para dar". Lucrécia responde com alegria: "Já sabemos, é uma notícia da Espanha, certo?".

"É, obtive-a daquele enviado que mandei para lá justamente para atender seu desejo." Afonso se aproxima e pergunta: "Mudando de assunto, soube que desceu de uma janela de uma altura de quinze braças[39] e que fraturou um pé e um ombro, já está curado?".

"Estou, mas..."

Lucrécia: "Mas o importante é que esteja a salvo!".

Francisco: "Tem uma parte da notícia que teria gostado de nunca lhes contar...".

"Meu Deus – diz Lucrécia –, o que aconteceu?"

Afonso diz: "Sabemos que se alistou no exército do rei de Navarra, seu cunhado".

E Lucrécia: "Mas por que sentir por isso, o ofício das armas é seu ofício desde sempre!".

"É – responde Francisco –, mas houve uma batalha, ele recebeu o comando de todo o exército atacante e, durante o assédio da cidade de Viana, caiu em uma emboscada... Foi morto."

Lucrécia solta um grito, mas na metade sua voz se interrompe, não consegue mais nem mesmo falar. Olha desesperada para os dois homens e depois se joga nos braços do marido. Na mesma noite, vai para o convento do *Corpus Domini*, e por uma semana ninguém tem mais notícias dela.

Voltando ao diário de Lucrécia, encontramos: "5 de abril de 1508. Encontro-me além de qualquer limite de felicidade. Ontem nasceu o

---

[39] Medida de comprimento utilizada antigamente em navegação. No Brasil, uma braça equivale a 2,20 metros lineares. (N.E.)

filho meu e de Afonso. É saudável e esperto. A população correu imediatamente para debaixo das janelas do palácio gritando, como é tradição
em toda a Romanha e a Emília: '*Ol è né 'o pà. Ercule ol sciame*'. 'O pai
renasceu, aqui está ele! Hércules é seu nome'".

As pessoas espirituosas nascem em número sempre
mais limitado

Passam-se alguns meses. Tudo está tranquilo até que, como um
desvairado, Francisco entra no quarto de Lucrécia e, sem nem cumprimentar, a agride: "Tinha te falado, por favor, para não ir àquele encontro
com armas afiadas e pontiagudas".

"Mas de que você está falando?"

"Vamos, não se faça de desentendida, que não sabe, que não estava
lá, e que talvez tenha sido uma rixa, e que não queria, e que foi um
acidente…"

"Desculpe, ainda não entendi do que está falando!"

"Mas como?! Foi encontrado um homem apunhalado, aliás, com
vinte e duas facadas no corpo. Eu entendo a passionalidade espanhola,
a raiva que você podia estar sentindo, mas, afinal, bastam cinco ou seis
facadas, para que exagerar desse modo?!"

"Escuta, não estou me divertindo nem um pouco, ou me explica
claramente ou eu vou embora. Então fale quem é o esfaqueado!"

"Tudo bem, o assassinado é Hércules Strozzi."

"Quem? O coxo?"

"É, o coxo, até na perna aleijada encontraram feridas, você realmente
não se contenta nunca!"

"E quando aconteceu?"

"Hoje à noite."

"E se sabe quem fez isso?"

"Bom, se você não sabe!"

"Escuta, ou você para de brincadeiras comigo, ou eu vou usar a faca
de verdade, mas em você!"

"Epa, epa, por caridade, não fique brava, estava só brincando um
pouco…"

"Ha-ha! Brincava. Que lindo! Clássico humorismo de general da armada... E chama isso de brincadeira?! Mas, então, inventou tudo, até o assassinato de Strozzi?"

"Não, infelizmente essa é a única verdade; aliás, não é a única: também não se tem qualquer ideia nem sobre os assassinos nem sobre os mandantes... Bom, faz de conta que não falei nada, na realidade eu vim aqui para te dar uma notícia muito importante: daqui a alguns meses vou partir para a guerra."

"Você também?"

"Como, eu também?"

"Meu marido também, faz pouco tempo, me anunciou o mesmo. Que armada você comandará?"

"Eu estarei na armada do papa."

"Com o papa, você?! Mas não estava com os venezianos?"

"Por favor, não fale com ninguém sobre essa minha mudança de frente, nem uma alusão! O adversário a ser abatido pela liga que está se formando é, de fato, Veneza: a aniquilação total da Sereníssima República."

"E qual é a razão disso? No fundo, ela visa os próprios interesses, exatamente como nós fazemos. Além de tudo, o papa, assim como a República de Veneza, tem na cabeça, desde sempre, apropriar-se de todas as nossas terras, inclusive Ferrara e Mântua, de uma só vez."

"Certo, querida, mas você não pode entender. A política impõe que os participantes dancem."

"Em que sentido?"

"Nunca devem ficar parados. Hoje estamos aqui, amanhã nos convém estar acolá, com licença, me concede esta dança? E lembre que a palavra de ordem de todos os posicionados na liga é: paz. Nós nos reunimos em Cambrai apenas para discutir a paz. Como preservá-la."

Peguem o moedor de carne, e vamos distribuir os pedaços: quem for mais rápido e impiedoso fica com os melhores bocados

Mas quem são os associados, dispostos a fazer uma frente comum? Temos: Luís XII da França, Maximiliano I de Habsburgo, Sacro Romano Imperador, Ferdinando II de Aragão, rei de Nápoles e Sicília, Carlos

III, duque de Savoia. Em suma, toda a Europa, com o acréscimo final de Afonso d'Este e Francisco II Gonzaga.

Todos irão dividir os domínios de Veneza, inclusive a Dalmácia e as ilhas do Mediterrâneo até Chipre e Corfu. Cada um deles com sua porção, menos Ferrara e Mântua. Elas receberão de presente apenas a própria sobrevivência.

Da gigantesca batalha de Agnadello, também chamada Chiara de Adda, na qual os venezianos sofreram uma pesada derrota por parte das tropas comandadas por Afonso, temos um testemunho realmente excepcional. Quem fala na primeira pessoa, nos trajes de um soldado camponês, é Angelo Beolco, apelidado o Ruzzante, que nos narra e explica as autênticas razões que levaram àquele massacre no qual a Sereníssima sofrerá a maior derrota de toda a sua história.

O que levava o conjunto de todas aquelas forças associadas, ou seja, a liga de Cambrai, a agredir com tamanho ímpeto Veneza, uma cidade sozinha, privada de aliados? É fácil dizer: a economia. Os bancos de Veneza tinham inventado as *Maone*, quer dizer os cartões de crédito. Cada cidadão da República podia, adquirindo aqueles títulos, participar dos lucros de uma ou mais operações de mercado, determinadas pela aquisição de terrenos (que iam desde a Dalmácia até a Grécia e todo o Oriente) ou pela conquista armada destes. A Sereníssima, porém, raramente tinha como objetivo a conquista material dos territórios a serem explorados. Mais frequentemente, preferia deixar a gestão política aos príncipes locais, guardando para si o fruto dos recursos do país em troca do pagamento de um aluguel. Esse seu domínio ultrapassava muito os lucros das outras potências, que, além do mais, se encontravam prejudicadas pelo poder econômico excessivo dos bancos, das empresas e dos mercados venezianos. Graças a esse envolvimento direto da nascente burguesia empresarial, quem gerenciava o negócio não era um pequeno grupo de proprietários, mas uma população comercialmente ativa que aumentava cada vez mais.

Como conseguir sobreviver em uma comédia grotesca, sem máscara

Naqueles anos, no momento em que os Estados da liga estavam gozando de uma incrível vitória na qual tinham derrotado a Sereníssima e estavam se preparando para dividir os espólios da República, em Ferrara, uma das primeiras companhias de atores profissionais dirigidos inclusive por Ludovico Ariosto, que gerenciava o teatro da corte, encenou uma pantomima com músicos e cômicos declamadores na qual se reproduzia de modo grotesco a situação verdadeiramente caótica que se desenrolava em grande parte da Europa, com acontecimentos inesperados e muitas vezes desastrados.

No momento do prólogo, entravam em cena bufões maquiados, com costumes e máscaras de guerreiros oponentes que se enfrentavam com ferocidade, causando verdadeiros dilaceramentos nos vencidos. Naturalmente, o truque do massacre consistia na troca rápida, imperceptível, entre atores e os bonecos que os substituíam.

Prosseguindo, com uma dança realmente macabro-grotesca, eis que de repente entravam no proscênio outros *Zanni*,[40] vestidos como varredores de rua e puxando carrinhos e carretas, os quais, usando forquilhas, recolhiam os restos dos heróis em pedaços e os jogavam, sempre dançando, dentro dos coletores de lixo.

Do fundo da cena, avançavam sobre os tronos os vencedores, empurrados por bispos e outros prelados. Temos a rainha da França, que veste um costume de guerreira que lembra Joana d'Arc. Logo em seguida, aparece o imperador Maximilian, que segura nas mãos o globo de ouro, que joga no ar no exato momento em que recebe outro globo muito maior, arremessado de fora da cena. Começa então uma performance de malabaristas com um grande número de balões cheios de trapos que cobrem o palco. Entre os malabaristas está também o rei da Espanha, e perto dele Joana, a Louca, que se diverte andando pelo palco com uma ponta de ferro a espetar todos os globos. Entenderam a alegoria?

No grande final da apresentação, entra em cena, vindo do fundo da sala, o pontífice, que usa uma máscara que reproduz, sempre de modo grotesco, o rosto de Júlio II. Chegando ao palco seguido pelos

---

[40] *Zanni* é um hipocorístico do prenome italiano Giovanni e se refere ao comediante atuante da *commedia dell'arte* ou a vários personagens estereotipados que trabalhem no mesmo gênero. A palavra é a origem para a palavra inglesa "*zany*" (bobo). (N.E.)

seus cardeais, o papa se põe sobre uma plataforma, então abre o manto e deixa ver uma armadura de guerreiro completa, com escudo e espada. No ritmo de bênçãos, agita a arma e eis que, um após outro, os cardeais perdem de um só golpe a própria cabeça e vão embora dançando, decapitados, para fora da cena.

Todos os mímicos e dançarinos recuam, e no centro permanece apenas Joana d'Arc, a França, à qual são apresentados enormes rolos de pergaminho, falsos, naturalmente. Os rolos são abertos e aparecem mapas enormes de toda a Lombardia: Bréscia, Bérgamo, Crema, Cremona, e no final o grande mapa de Milão. A santa guerreira da França engole, um após o outro, todos os mapas, destroçando-os e cuspindo de vez em quando algum fragmento duro demais para ser digerido. À medida que joga goela abaixo pedaços de territórios, ela incha visivelmente, sua armadura se rompe e cai em pedaços. Logo a vestem de novo com uma maior, e depois com outra, até se transformar em um mulherão armado que ocupa todo o palco. Os outros Estados da congregação tentam fugir daqui e dali antes de serem esmagados contra as paredes por aquela giganta que come tudo.

O papa reaparece do fosso do proscênio, onde estão os músicos.

Do fundo da sala, navegando acima das cabeças dos espectadores, vem uma gôndola. Quem a conduz é o doge de Veneza. O papa grita: "Sereníssimo príncipe, este é o momento de estabelecer a paz entre nós se quisermos sobreviver!".

"Mas como, santo padre? Antes me esgana – grita o doge – e depois pede para eu te salvar?" E o papa: "Não viu as dimensões que está assumindo a rainha dos francos?".

"Não, não confio em você, primeiro me leva para a cama e depois me trata como uma puta de esquina. Quero o casamento na frente de todos." De repente, a cena muda, e nos encontramos em um almoço, um banquete de núpcias. Todos têm os pratos repletos de comida. Aves assadas, peixes fritos, queijos, frutas e verduras. Os dois noivos roubam a comida das mãos e também da boca um do outro. No fim quem leva vantagem é o pontífice, que por sua vez aumenta visivelmente de tamanho. Mas, infelizmente, explode. Pedaços de papa por todos os lugares. Entretanto, do alto, desce rapidamente outro papa, que, por conta própria, já é gigante como o primeiro. Toda a cena se encontra preenchida pela França – mulher gorda que tenta abrir caminho com golpes de barriga. Do mesmo modo, Veneza e o papado atacam a golpes de ventre. Finalmente, destruídos pelo cansaço, se deixam cair no palco e, com um ronco sonoro, quase musical, adormecem.

Na época dessa pantomima, estão acontecendo fatos reais que, no entanto, parecem também parte do absurdo espetáculo. Afonso, agora comandante das tropas da liga, deve se ocupar exclusivamente da armada e é forçado a deixar o governo de Ferrara. Então decide confiar essa tarefa muito delicada e difícil à única pessoa em quem pode confiar completamente e que considera preparadíssima para esse encargo, ou seja, Lucrécia. Ei-la, então, regente absoluta do ducado de Ferrara. Para ela, é a apoteose.

Pouco antes da batalha de Chiara de Adda, na qual nosso Afonso d'Este se prepara para comandar o grande ataque das forças da liga apontando canhões e arcabuzes em quantidade, Francisco Gonzaga, que veste por sua vez as armas de comandante no exército pontifício, é tomado por uma terrível crise de sua doença.

Perda dos sentidos e do equilíbrio, febres com tremores violentos e paralisia parcial das pernas. Enfim, não pode, com certeza, comandar uma batalha. O fato se torna logo conhecido e produz reações de escárnio entre os soldados e os capitães do enorme destacamento. E, como era previsível, se torna roteiro de bufonarias e zombarias nas mãos de jograis de todas as cidades.

Cerca de dois meses mais tarde, superada a crise, Francisco cruza com um grupo de homens armados ao atravessar, sem se dar conta devido ao nevoeiro, a fronteira que separava as suas terras das terras venezianas. Quase imediatamente se depara com um pelotão de soldados venezianos, que logo o reconhecem e, aos gritos de "Eis o traidor!", o prendem. É levado para Veneza e aprisionado na torre. O marquês de Mântua acredita que os venezianos poderiam até condená-lo à morte. Passam-se dias de notável apreensão e sofrimento físico, já que a doença, naquelas condições, se faz sentir duramente. Mas Francisco intui que o propósito da Sereníssima é o de tê-lo como refém, naturalmente para trocas mais profícuas. Então, aperta os dentes e resiste. Isabella e Lucrécia se mexem imediatamente, enviando, cada uma por sua conta, petições à República de Veneza para chegarem a um acordo que permita liberar Francisco. Além do mais, Lucrécia envolve o marido – que, não vamos esquecer, é comandante das tropas pontifícias – para que se movimente e interceda a favor do prisioneiro. Lucrécia sabe que Isabella se precipitou em um desespero sem limites e vai a Mântua para confortá-la. Quando desce do barco que a levou ao atracadouro do grande lago, encontra a cunhada aguardando fora do portal do castelo. Logo Isabella, embora com grande esforço, vai ao seu encontro e a abraça: "Precisava mesmo de uma pessoa amiga, e você é a única que demonstrou o ser de verdade".

Entram no castelo, naturalmente no térreo, e as duas mulheres se sentam e tomam o café da manhã.

"Que notícias me traz?"

"Pode, com muito tato, fazer saírem todos os serviçais?"

"Agora mesmo, mas por que, o que acontece?"

"Um momento e vai entender."

Isabella ordena aos presentes para deixá-las sozinhas e pergunta novamente: "O que acontece?".

"Olha, o que eu estou para te dar é uma ótima notícia para teu marido, mas ninguém pode saber disso. A propósito, tem certeza de que não há ouvidos escutando atrás das portas ou das janelas?"

"Fica tranquila, não tem ninguém."

"Tá bom. Você sabe que me envolvi pessoalmente na tentativa de libertar Francisco, e também meu marido."

"Sim, eu sei e te agradeço. E soube ainda que Afonso goza de muito respeito e consideração por parte do papa, que o tem como conselheiro de máximo prestígio."

"Isso, é daí que vem a boa notícia."

"Me conta, por favor."

"O papa confiou a Afonso, em grande segredo, que quer modificar novamente as alianças."

"As alianças?"

"Calada! Essa é uma coisa que eu não deveria saber, nem Afonso. Parece que o papa Júlio não considera mais Veneza uma ameaça tão grave."

"Mas como, se já estão dividindo seus territórios?!"

"É, mas ao mesmo tempo se preparam para concluir uma aliança com o doge."

"Assim, de um dia para o outro? Hoje são inimigos mortais e no dia seguinte se tornam aliados?"

Lucrécia sorri: "Aprendi por experiência que em política não tem nada que mude tão facilmente como as alianças. Mas nesse caso nós teremos uma vantagem".

"E o que vai acontecer com esse novo ajuste?"

"Não sei, e não tem importância neste momento; o que conta é que, quando Veneza e o papa estiverem do mesmo lado, teremos a certeza de que seu marido será salvo e libertado!"

Isabella, quase esquecendo sua dificuldade de movimento, pula no pescoço da cunhada: "Você é meu anjo, Lucrécia!".

Tudo está correndo bem. Acontece a reviravolta política. Veneza e o papa fazem as pazes. Mais ainda: formam uma aliança. Imediatamente, é libertado o prisioneiro, que, depois de um ano na cadeia, volta para casa acabado, mas feliz. Festas, abraços e cantos.

Mas, de repente, as frentes das alianças se invertem. E aqui acontece, especialmente para Ferrara, um verdadeiro desastre. Como dissemos, o papa, de fato, decidiu fazer as pazes com Veneza e, ao mesmo tempo, aqui está a novidade, começou a se organizar para declarar guerra à França. Então, é necessário abandonar Luís XII, dissolver a Liga de Cambrai e constituir uma nova liga, dessa vez, santa, à qual se unirão também os alemães e a Espanha. Deus está conosco. Afonso d'Este, gonfaloneiro no exército do pontífice, se recusa a voltar as armas contra os franceses, que desde sempre foram aliados da sua casa. Ferrara, precisamente. Por esse motivo, o papa o excomunga na mesma hora e decide, além disso, declarar guerra ao ducado de Ferrara, para deixá-lo novamente sob o poder da Igreja. Paradoxo dos paradoxos, o comandante desse novo destacamento que deverá atacar Ferrara será exatamente o reabilitado marquês de Mântua, Francisco Gonzaga, elevado ao cargo de gonfaloneiro no lugar de Afonso. Além do mais, para garantir sua fidelidade ao pontífice, Francisco é obrigado a entregar, como refém, seu filho, Frederico, então com 10 anos – infelizmente, justamente o filho ao qual tinha transmitido a sífilis. Afonso decidiu, então, militar nas fileiras dos franceses, contra a Liga santa. Como vimos, durante sua ausência, o governo de Ferrara fica a cargo de Lucrécia, que demonstra uma lucidez e uma determinação impressionantes. A duquesa escreve mais de uma carta ao cunhado Francisco Gonzaga, que inopinadamente se tornou um inimigo, para que evite por todos os meios atacar o ducado de Ferrara. Seu primeiro pensamento tinha sido colocar a salvo os filhos (no ano anterior, tivera mais um menino, Hipólito), transferindo-se com eles para Milão. Mas é tamanha a confiança que o povo tem nela, que uma grande multidão se dirige ao castelo pedindo para entrar no átrio. Ela desce em meio aos cidadãos de Ferrara, e um porta-voz implora para não abandoná-los.

"É nossa única esperança, com você estamos seguros, mas se você for embora nós também vamos abandonar a cidade."

Lucrécia inspira profundamente e cobre, tossindo, a própria comoção; e diz: "Depois desse gesto, não vou mais embora desta cidade, por nenhuma razão. A menos que nossos inimigos me capturem".

Ela fica e organiza a defesa dos muros. Com a participação de homens e mulheres, é construído um novo bastião.[41]

Quem dirige essas operações é sempre o marido, sobre o qual se conta uma anedota realmente singular. Enquanto está sobre uma das plataformas para supervisionar a construção do reforço, chega um mensageiro do papa e lhe entrega uma bula papal. O duque rasga o invólucro e lê em voz alta para que todos possam escutá-lo: "Eu, Júlio II, pontífice da romana *Ecclesia*, intimo que entregue as chaves da cidade ao mensageiro que te enviei ou daqui a alguns dias verá chegar todo o exército da Santa Sé, dos espanhóis e dos alemães".

"Está bem, diga ao papa que me convenceu. Quando suas tropas aparecerem, as chaves lhe serão entregues." Então Afonso toma amigavelmente o braço do mensageiro, o conduz alguns passos mais adiante e lhe mostra um enorme canhão, já posicionado e pronto para disparar: "Está vendo aquela monstruosa máquina? Se chama *mazadiàvul*, ou seja mata-diabos. Não atira pedras, mas bolas de metal". E lhe mostra o projétil: "Olha, é feito de dois pedaços, o interior está vazio, a fechadura é de rosca; portanto, basta girar que se abre". Extrai do bolso uma chave. "Aqui eu coloco a chave para o pontífice, fecho, insiro o projétil

---

[41] Bradford, *Lucrezia Borgia*.

na boca do canhão e pum!, atiro a chave bem nos braços dele, direto no estômago. Se ele ficar parado, naturalmente."

No começo o chamavam "mal francês", depois "mal espanhol"; no século XVI o chamaram "a medalha do general"

Mas esse papa não fica parado. Naquele momento, saindo de Roma, já chegou a Bolonha, onde está o exército guiado por Francisco, ao qual ordena: "Então, faça alguma coisa!".

"Tem que me perdoar, santo padre, mas não é porque me falta a coragem ou a vontade, é que estou doente: ataques daquele mal que me aflige. Tomo mercúrio toda hora, estou me envenenando só para acalmar um pouco a dor. O senhor, santo padre, pode me entender, já que contraiu a lues antes de mim e sabe o trabalho que dá."

O pontífice assente: "Tem razão. Repousa, e na hora em que estiver recuperado, ataque. Mas tenha cuidado, não fale disso por aí! Seja da tua doença, seja da minha!".

Enquanto isso, em Ferrara, Lucrécia se preocupa em encorajar a população e em receber, com gestos de reconhecimento e cordialidade, os aliados franceses. Organiza para eles festas nas praças e convida os capitães em seus palácios.

Sobre seu acolhimento e personalidade chegou até nós um comentário escrito pelo mais famoso dos cavaleiros do rei da França, Pierre Terrail de Bayard, o lendário "cavaleiro sem medo e sem mácula", que sobre ela conta: "Era bela e gentil e doce com todos. Eu, que tive a sorte de conhecê-la de perto, posso bem dizer que era uma pérola neste mundo".

Quase por acaso, na planície de Ravenna, onde ainda um século atrás aflorou um lamaçal que circundava as cinco ilhas das quais a cidade era composta, se enfrentam os dois exércitos, e as forças unidas dos ferrarenses e dos franceses, com o aporte da artilharia comandada por Afonso, derrubam as tropas da liga no pântano ao redor de Ravenna.

Mas, no fim da batalha, ficam no campo milhares de mortos de ambas as partes. Os franceses perderam seus melhores homens, entre os quais Gaston de Foix, comandante-chefe do exército – existe em Ravenna uma estupenda escultura de mármore que reproduz corpo, armadura e rosto do guerreiro morto. Por essa razão, as tropas de França decidem abandonar o campo e voltar para Milão. Assim, os ferrarenses, com o duque e a duquesa, ficam sozinhos.

Afonso, não tendo mais condição de lidar com o papa, vai para Roma na tentativa de conseguir um acordo. O papa lhe responde: "Te concedo o perdão, mas tem que renunciar a todas as tuas posses".

"Deixe-me pelo menos esta noite para refletir. Preciso também redigir uma carta para avisar meus súditos."

Então se dirige ao Palácio São Clemente, onde está hospedado; mas na metade do percurso muda de rumo e dirige seu cavalo à Porta San Giovanni. Ali se depara com um cortejo fúnebre que leva corpos de contaminados pela peste para fora da cidade. Começa a seguir aquele cortejo e foge, sem tomar fôlego, até o rio Pó. Informado da fuga do duque, o papa entende que foi enganado e ordena que preparem as tropas para voltar ao Norte. Destino: Ferrara.

Afonso leva três meses para alcançar sua cidade, pois é forçado a escolher percursos tortuosos para evitar a polícia que o papa enviou atrás dele. Por isso, escolhe, para ser sua escolta, Fabrizio Colonna, que o guia através de passagens inusitadas. Enquanto isso, em Ferrara, chega a notícia de que os terríveis mercenários suíços já estão a caminho, e começam a organizar as defesas. Dirigindo as operações, aguardando a chegada do marido, está sempre Lucrécia, que encoraja todo mundo com calma e serenidade.

Isabella participa ansiosamente da sorte de Ferrara e, em uma carta ao cardeal Hipólito, seu irmão, exclama: "[O papa guerreiro] pretende tomar posse de todas as coisas da casa dos Este, que Deus antes o arruíne e faça morrer, como espero que aconteça".[42] Como se diz em Ferrara, Deus tem mil ouvidos e escuta sempre com o ouvido bom. E assim, o papa tem o ataque final e morre. A notícia chega em grande velocidade até Ferrara, onde as pessoas explodem em gritos, danças e festejos inenarráveis.

Aquele mesmo papa que, na pantomima grotesca, vimos descer do alto é o sucessor de Júlio II: Leão X, filho de Lourenço de Médici. E exatamente no final da pantomima que narramos, o papa Giuliano della

---

[42] Bradford, *Lucrezia Borgia*.

Rovere, que, como sabemos, tinha em seus planos retomar a cidade de Ferrara com todas as suas posses, devolve sua alma a Deus.

Todo o povo de Ferrara festeja, com um funeral carnavalesco, a descida ao inferno do papa inimigo. E, ao mesmo tempo, aplaude o novo pontífice, que se mostra favorável à família Este. Por trás dele está um personagem que conhecemos bem e que o convenceu a mudar de política com relação ao ducado. Trata-se de Pietro Bembo, que se tornou secretário particular do santo padre. É realmente uma surpresa, porque o conhecíamos relutante em usar as vestes de político, e mais tarde ficaremos literalmente chocados ao vê-lo vestindo a batina e os paramentos de cardeal.

Onde está a diversão em ser rico se não tiver ao seu redor pobres dignos de compaixão

É nessa época que Lucrécia, para socorrer os indigentes da cidade e do campo, decide criar o primeiro Monte di Pietà[43] de Ferrara. O que levou a mulher que todo mundo já chamava "a duquesa gentil" a realizar aquele apoio de salvação final exatamente naquele momento? As guerras contínuas tinham produzido desastres em toda a planície do rio Pó: campos devastados pelos exércitos, o que obrigou os camponeses a deixarem suas terras, criando escassez de grãos e verduras também nos mercados das cidades. Como sempre, durante a crise aparecem os agiotas, que naquele clima brotavam em qualquer lugar. Mas nos planos de Lucrécia com certeza não havia a ideia de fundar uma instituição de crédito do tipo dos bancos comuns de empréstimo, que surgiram em quase todas as cidades e ofereciam dinheiro a preços menos brutais que os dos agiotas, mas que igualmente causavam terríveis desastres coletivos.

---

[43] Os Monti di Pietà, Montepios, em português, eram instituições de caridade e sociedades privadas, de associação voluntária, que forneciam empréstimos de pequena monta em condições mais favoráveis que as do mercado em troca da assinatura de uma promissória. Ali os pobres podiam obter dinheiro e penhorar seus pertences, e também garantir uma série de benefícios (subsídio em caso de doença, prisão ou impossibilidade de trabalhar, assistência médica e farmacêutica, uma pensão após a morte para a família) aos associados e/ou a seus familiares. (N.E.)

De fato, justamente no final de 1400, em Florença, o mais importante entre todos os bancos de crédito da península, o banco dos Médici, entra em colapso. O desastre atinge especialmente os pequenos comerciantes, os artesãos e os lojistas, assim como todas as pessoas pobres. Quem não tem mais a capacidade de pagar o aluguel é forçado a sair da moradia e deixar a cidade.

Voltando a Ferrara, Lucrécia, que, não podemos esquecer, continuava responsável pelas petições, agora se encontra com acúmulo de pedidos de intervenção para salvar cidadãos em dificuldade. De onde lhe veio a ideia de organizar uma instituição tão complexa e especialmente onerosa para os caixas do governo da cidade?

Com certeza, dos escritos de um verdadeiro inovador de seu tempo, frei Bernardino de Siena, cujas prédicas foram recolhidas e impressas em língua vulgar enquanto o santo homem estava ainda vivo. É provável que aqueles escritos tenham chegado às mãos de Lucrécia no momento em que estava se refugiando no convento, após a separação forçada de seu primeiro marido, o Sforza.

Os temas das mensagens de Bernardino não eram uma genérica pregação doutrinária: tratavam até de economia e do problema dos mercados e da sobrevivência. Ele era o incrível autor de uma obra intitulada *Sobre contratos e agiotagem.* Nesse escrito, o frade entra apaixonadamente nas questões da propriedade privada, da especulação e da exploração do trabalho. Existe até a dúvida de que Marx o tenha copiado. Suas prédicas abordavam não apenas a especulação e a agiotagem, mas também atacavam um fenômeno que, naquele tempo, tinha se expandido até o ponto de criar danos profundos na sociedade. Estamos falando do jogo de azar. Os gestores dessas verdadeiras pilhagens não eram apenas grupos de criminosos privados. De fato, até os governos dos Estados, inclusive o Vaticano, obtiveram excelentes rendimentos através da exploração de loterias e apostas coletivas.

E eis que – parece absurdo – é instaurado contra Bernardino um processo por heresia, tendo como cerne da acusação ele ter declarado a moeda, inclusive a papal, um veículo do demônio. Ainda bem para ele que o processo resultou em uma absolvição.

O primeiro passo da ação de Lucrécia foi escrever um texto para uma proclamação: ela encarregou um grande número de arautos de lerem aqueles escritos em público, durante as feiras, e, com o beneplácito do bispo, também nas igrejas durante as funções. O escrito dizia: "Há anos atua nesta cidade um numeroso grupo de pessoas infames que praticam usura ou, se preferirem, agiotagem. A peste é certamente uma doença menos desastrosa do que emprestar dinheiro com ágio: famílias inteiras foram arruinadas por esses criminosos, que vos oferecem dinheiro com trinta por cento, e, se tardarem a pagar, aumentam os juros todas as vezes. Nós, com este novo banco de caridade, vamos substituí-los não para ganhar dinheiro em seu lugar, mas para impedir que os patifes o arranquem do vosso bolso. Entretanto, tenham cuidado: em Veneza, há anos, os infames agiotas são punidos e expostos publicamente, pendurados por dias dentro de uma gaiola na torre de justiça e então despojados do direito de cidadania e expulsos para fora dos muros da cidade para sempre; portanto, advertimos esses infames que vamos adotar, a partir deste momento, essa mesma lei em Ferrara. Para tal fim, criamos uma gendarmaria especial que nos forneceu os nomes dos malfeitores, e alguns já estão na cadeia. Através desse banco que acabou de ser fundado, aceitaremos os pedidos de dinheiro de quem quiser que seja, não tenham receio de que vossa necessidade seja classificada como indigna, não será pedido nenhum penhor de empréstimo, mas, em troca, deverão prestar serviços de utilidade pública em alguns dias por semana até quando vossa dívida estiver extinta".

E de onde Lucrécia tirou a ideia dessa proclamação? Muito provavelmente, de um daqueles sermões que São Bernardino fazia publicamente nas praças de Siena e que estavam sendo publicados naquele tempo.

E onde se inspirou esse frade no mínimo revolucionário? O santo pegou muitas ideias, por sua vez, de Catarina de Siena, que, antes dele, tinha pregado nos mesmos pontos da cidade do Pálio, e que ainda jovem tinha entrado para a comunidade das Irmãs Manteladas. Naquele momento, aconteceu com ela mais ou menos o mesmo encontro que teve São Francisco. Viu-se socorrendo uma leprosa e desde então entendeu que seu caminho era dedicar-se aos desesperados.

Durante as numerosas epidemias, a assistência aos contagiados se torna dramática. Catarina conseguiu envolver uma notável quantidade de rapazes e moças, graças aos quais foi formada a "Bela brigada". Esses voluntários se transformaram em verdadeiros bandos de jovens festivos que cuidavam dos necessitados. Daí vem esse alegre apelido. Tudo nasceu do clima que essa jovem mulher soube criar ao seu redor. Basta ler algumas linhas das cartas que ditava a seus seguidores para entender e admirar sua insólita linguagem: "Não é difícil permanecer na santa dileção de Deus. Jesus doce. Jesus amor. Quem entre nós conseguir viver na extraordinária conscientização do nosso trânsito neste mundo, veloz como uma ponta de agulha mexida pelo vento, não buscará nem honras nem estados nem grandeza; nem riquezas possuirá com avareza; mesmo que tenha a riqueza, será feito dispensador de Cristo aos pobres."

Esse seu modo de se exprimir, simples e poético à época, consegue surpreender e comover também homens de cultura e poder, como Bernabò Visconti, além de bispos e também papas, aos quais ela não demonstra alguma sujeição quando a eles se dirige.

"O que está fazendo em Avignon?", Catarina escrevia ao pontífice. "Sua poltrona está em Roma há séculos e você a deixou vaga. Para que fim? Que vantagem está dando à Igreja? Talvez fosse na Provença que, pela primeira vez, Pedro pescador jogou suas redes? Foi ali que se fez pregar de cabeça para baixo na cruz para não copiar o sacrifício de Cristo? Um dia, se tiver tempo, deverá me explicar por que se mudou para Avignon, seguido por uma pletora de banqueiros tão numerosa que supera aquela dos bispos que te acompanharam."

Chegando a Ferrara, Lucrécia levara com ela, além das prédicas de Bernardino feito santo, também as cartas de Santa Catarina que tinha conseguido juntar nos conventos de Roma. Esses escritos, desde o princípio de sua vida, serão as chaves para entender seu modo de ser e de agir. Com seu exemplo, consegue envolver também parte da corte e, especialmente, Afonso, com quem conseguirá criar uma relação de autêntico amor. Em nome de São Bernardino e do pensamento de Santa Catarina, fundará até um convento de freiras dominicanas. Mas terá cuidado para não criar uma espécie de casa de mortificação, dedicada exclusivamente à contrição e à oração, onde se unir na rejeição a tudo o que possa distrair da contemplação. E com São Bernardino, repetia: "Tudo o que de jocoso vem de Deus nunca é pecado, é a exaltação da própria natureza". E ainda: "O presente maior que se pode fazer a Cristo é dar, não receber".

No nono aniversário da fundação do convento, as religiosas jovens e anciãs convidam Lucrécia para fazer um discurso que permanece na memória daquela casa que hospeda todas aquelas irmãs.

Ela diz: "Não construímos este lugar para envolvê-lo em muros que nos protejam das insídias físicas e morais do mundo, mas, como diz Santa Catarina, para nos abrir ao mundo e para que viva e se realize em nós o amor. Amor não só por Deus, mas por todas as criaturas que dele necessitem.

"O amor é a invenção maior do Criador e, como dizia Santo Ambrósio, especialmente quando envolvemos todo o espírito e o corpo nesse extraordinário rito, que, aliás, é o rito do nascimento nosso e da nossa descendência.

"Minhas irmãs queridíssimas, quero dizer que algumas semanas atrás pari e coloquei no mundo uma criança, uma pequena mulher, que se demonstrou imediatamente saudável e feliz. Pensei que eu também teria compartilhado da sua energia miraculosa. Mas aconteceu o contrário, de modo que é minha obrigação conceder à natureza. Talvez não agora já que, como neste momento, a dor se aquietou. Mas sei que vai voltar. E são tantos os dons com os quais me presenteou o Criador que eu reconheço o fim da minha vida e sinto que daqui a pouco tempo estarei fora dela.[44] Recomendo às suas orações meu descanso e o dos filhos meus. E a vocês, que esta vida faça pensar festivamente na maravilha de estarmos vivos".

---

[44] Carta de Lucrécia Bórgia a Leão X, citada por Bradford (*Lucrezia Borgia*, p. 322-323).

Bibliografia

Lucrezia Borgia: Storia e mito. Firenze: Leo S. Olschki, 2006.

Bembo, Pietro. *Lucrezia Borgia*: La grande fiamma. Lettere 1503-1517. Milano: Archinto, 1989.

Bradford, Sarah. *Lucrezia Borgia*: La storia vera. Milano: Mondadori, 2003.

Chastenet, Geneviève. *Lucrezia Borgia*: La perfida inocente. Milano: Mondadori, 1995.

Dumas, Alexandre. *I Borgia*. Palermo: Sellerio, 2004.

Gervaso, Roberto. *I Borgia*. Milano: Rizzoli, 1980.

Gregorovius, Ferdinand. *Lucrezia Borgia*. Roma: Salerno, 1983.

Johnson, Marion. *Casa Borgia*. Roma: Editori Riuniti, 1982.

Agradecemos especialmente a Biblioteca Malatestiana de Cesena e a Biblioteca Comunal "Aurelio Saffi" de Forlì.

Este livro foi composto com tipografia Adobe Garamond Pro
e impresso em papel Off-White 80g/m² na Formato Artes Gráficas.